U0106689

奇幻書界 4

未卜先知的男爵

蘇飛 著

山邊出版社有限公司

目錄

序章

被唾棄的族羣

「史蒂夫！」

「史蒂夫！」

一名婦女腳步凌亂地走在剛被雨水洗刷過的濕滑石頭路上，神情憂慮地四下尋視着。

「史蒂夫！別嚇媽媽了！快出來！史蒂夫！」

她急急拐過彎道，路旁的人們對她的焦慮視若無睹，做買賣的瞟她一眼繼續叫賣，拉着孩子的婦人拽緊孩子的手把他們拉近身畔，推着二輪車的男子吆喝着要她讓開，樓上澆花的看熱鬧似的探出頭來追隨她的身影，大夥兒眼神充滿了鄙夷與蔑視，好像她是什麼骯髒噁心的過街老鼠。

她對大家不友善的態度早已司空見慣，這世界的人視他們普羅一族為低等族類，鄙視、厭惡他們。

換在平時，她會拉緊頭巾遮掩着快步避開這些人，但今天她沒有心思注意這些，她全副心神都在她最心愛的孩子史蒂夫身上。只要有孩子，她什麼都可以承受，什麼都不在意。

就在婦人叫喚着孩子名字的當兒，她一個不小心，踩到石頭路凹陷處，濺起水花的同時，身體往前撲了過去——

她擦傷了臉頰和手掌，但依舊無人施予援手。她拍拍手掌，撥開凌亂髮絲站起來。雖然狼狽不堪，仍可看出她的秀麗長相。

「史蒂夫！你在哪裏？」她叫着，眼淚不禁蹦出來。才一秒，她便趕忙擦去淚水，她沒時間悲傷，必須儘快找到孩子。對於普羅一族來説，外頭是充滿邪惡與暴力的世界，她孩子隨時都可能遭遇不測啊！她打起十二分精神，繼續叫喚孩子的名字。

她找遍附近走道與小巷，遍尋不着，正打算邁向通往近郊的小路時，她似乎聽見夢魘般的耳語。那聲音近在咫尺，她覺得孩子就在身邊，但就是找不着。

心神恍惚之際，她忽然想起以前學過的占卜術。她往四周搜尋可以使用的工具，不知是否湊巧，在她眼所觸及之處正好有幾個破損的陶瓷碟子。

陶瓷碟子在一戶貧窮人家的草屋前跟破舊鐵器一塊兒堆放，也許是打算拿去丟棄的「垃圾」。她走過去，撿起了所有陶碟。那些陶碟有的磕了邊角，有的布滿裂縫，隨時都有碎裂的可能，但仍無損其上精緻的花紋和瑰麗色彩。

她數算一下，剛好有五個碟子。她深吸口氣，閉上眼，默想着所要尋求的答案，然後將五個碟子隨機擺放到地上。

她睜開眼，檢視五個陶碟裂紋及磕角的圖樣，並透過光線照射在瑰麗圖案上的反射光暈，她似乎得到了啟示。

她沿着草屋旁邊的牛欄走去，終於在雜亂的儲物堆中找到心愛的孩子。她欣喜若狂，可下一秒卻驚得大叫！因為孩子身邊，竟有隻黃鼠狼！

孩子聽見叫喊，驚恐地看過來，嘴裏手裏塞滿了麵包屑，一旁的黃鼠狼則已嚇得夾着尾巴迅速逃竄。

近來常有人投訴餵食牲畜的食物被偷，存放食物的桶子也被破壞，想來正是黃鼠狼抓破盛放食物的器具，偷盜了給牲畜吃的食物並堆放在此處。

她的眼神由愛憐轉為憤怒，扯掉孩子嘴裏的麵包屑，咆哮道：「誰讓你吃這些的！不准吃！」

「可是……我餓……」

孩子可憐兮兮地說，兩手直抓向掉落的麵包屑。

「都說了不准吃！這些是給牲畜吃的！不是你該吃的東西！」她用腳掃去地上的麵包屑。

「只要是食物就不能浪費，這不是你說的嗎？」

孩子委屈地說着，眨着烏黑而純真的眼睛。

「那是指真正的食物！給人吃的食物！」

「給牲畜吃的食物難道就不是食物嗎？」他不放棄地追問。

她呵口氣，半蹲着身子，視線與孩子齊高，正色説道：「聽着，史蒂夫。你要記住，我們是人類，是世界上最高尚最聰慧的普羅族人。我們不吃嗟來之食，不接受任何施捨和不屬於我們的東西。我們要活得有傲氣，活得有尊嚴！不能讓別人有機會取笑我們！」

她緩了緩氣，兩眼放射出堅毅而亮麗的光芒，道：「我們要讓所有人知道，我們不是沒用的低下階層，我們有能力創造一切，我們是世界的引領者，我們要站在頂峯傲視一切！」

孩子怔怔地望着母親，眼中存有疑惑，問道：「真……的嗎？我們真的可以做到？」

「嗯！當然可以！」她頓了頓，看進男孩眼底，説：「相信，只要我們相信，就可以擁有一切！」

「相信？」

她用力地點了點頭，抬頭望向泰安國最高的標誌——萬龍塔。

這座象徵權力與地位的土黃色高樓，柱子與樓身雕刻了巍巍的龍形塑像，聳立於泰安國的大都會中央，俯視着底下的大地，像頭巨龍高高在上盤踞一方，統率萬事萬物。

「總有一天，你會憑着相信的力量，站上那座頂峯。」她以不知從哪兒來的自信口吻説。

孩子動容了，眼中充滿了憧憬與期待，目光炯炯地盯着萬龍塔，似乎那裏就是他和母親未來的天堂。

1 營救流浪貓

午後的豔陽照耀在五彩繽紛的街牆上。

他惺忪地睜開眼，往天空瞄了一瞄　。陽光雖耀眼，卻一點兒也不刺眼，温暖的風吹過來，吹得他鬆軟的毛髮微微動了起來。

他望向頭頂上方二樓窗戶外的景觀。

那兒隨性地綁着條麻繩，晾曬了幾件嬰兒的小衣物，白皙的衣物隨風飄揚，與牆壁豔麗的色彩形成強烈對比，卻讓人無比安心和温暖。

他懶洋洋地爬坐起來，習慣性地舔了舔被風吹得捲曲凌亂的細毛。

他，正是小希的父親范黎。他因為某些原因變成了白貓，還被迫留在《桃樂絲冒險日誌》的立體書世界內。

這些天他在立體書世界內的和樂小鎮住着，被這兒的淳樸民風感染，變得有些與世無爭。空氣中似乎也瀰漫着令人遲鈍的緩慢氣氛，讓人腦袋都懶得動，任憑思緒空白膠着。

就這樣住在這裏也不錯……他有好幾次蹦出這樣

的想法，但馬上氣憤得抓傷自己。即使命運讓他回不去原本居住的世界，他也不能自暴自棄，更何況是以他現在這副「貓」樣。

他理順凌亂的毛髮，眼神犀利地瞄向前面顏色明亮的城區，想道：「今天還是去享用一頓大餐吧！胸口悶悶的，真不爽快。」

他偶爾會懶得動，留在這慵懶的街區吃些好心太太們施捨的食物，但他今天饑腸轆轆，而且莫名地焦慮，感覺很多事都無法順心如意，進食大餐或許能讓他暫時忘卻心頭煩悶，於是他模糊地「喵」了一聲，邁開優雅的步伐朝熱鬧的街區走去。

來到小城最為繁華的餐飲區，這裏人潮洶湧，跟悠閒的住宅區正好相反。他熟練地左拐右彎閃避着人們匆忙的腳步，姿態敏捷並遊刃有餘。

變成貓咪後他沉重的身體突然輕盈敏捷了許多，這可是身為人類時所沒有的特殊福利呢！

他很快來到熟悉的一家中華餐館後巷，那兒已經有幾隻跟他一樣等着大快朵頤的流浪貓在候着了。

天色逐漸昏暗下來，餐館內應該聚集了不少臉上掛滿笑容欣喜用餐的食客。等到他們用餐完畢，就是他和一班流浪貓們享用大餐的時候。

他等了一會兒，打了個大大的呵欠。

變成貓之後，只要坐着或躺着無所事事，就很容

易打呵欠，這真是令他百思不得其解的習性。

他頓時回想起身為人類時每次下班後回家吃完晚飯，一開電視機很快即打瞌睡的情景。上班族還真是累人呢！連吃飽後想看電視娛樂一下的時間都用來補眠了。而通常打一會兒盹後，他就會回到書房繼續工作，直至半夜才入眠。

想到這裏，他不禁覺得身為人類的自己有點悲哀，被生活捆綁着，把自己綳得很緊，一直想着要在工作上達標。

關於教育方面，他自認儘管忙碌還是有好好管教孩子，但不知為何孩子就是與他無緣，常跟他鬧彆扭，也從不跟他說知心話。難道是他太嚴厲的緣故嗎？

不，不，他馬上搖頭否認，嚴厲管教孩子才是對孩子最好的。他從小接受嚴厲的家教，母親對他期望很高，而他也不負母親的期待，無論在學習或做事方面都不曾讓父母操心。

「是徐堯對小希太放任了！唉，可惜我現在被困在這個奇怪的時空，沒辦法回去，要不然我一定對她嚴加管教。上次她居然還先斬後奏，一夜未歸，讓我們擔心得快去報警了……」

他嗚咽地說着貓語，周圍的貓咪不明所以地望着他。同為貓咪，思想卻如此複雜，怪不得連同類也不曉得他在嘀咕什麼呢。

後門打開來了！貓兒們蓄勢待發，當那穿着白色制服的男子捧着一大盆食物出來，擺到地上時，牠們一湧而上！

「別搶！待會兒還有！」男子饒有興味地俯視着貓兒們，伸手過去撫摸着牠們的頭與背。貓兒們都乖乖讓這「米飯班主」撫摸，唯有他不情願地往後退去。

「又是你，小白。你就那麼討厭人類？」

男子以那湛藍的眼珠盯着退於牆邊的白色貓咪，不放棄地將手伸向他。

白貓立即防備地「喵」了一聲，男子伸到半空的手愣住了。白貓清楚地看到男子皮膚上突起的藍色靜脈及微微放射出的藍光。

男子將手縮了回去，對他笑了笑，說：「你的防備心還真不是普通的強呢，小白。」

他努努嘴，心想：我才不是小白！我不要當人類的寵物，即使是藍人類也不。

「藍人類」正是《桃樂絲冒險日誌》立體書世界的主宰者。這兒所謂的高智慧生物——藍人類——外觀與地球的人類相似，只是血液是藍色。那血液似乎含有一種螢光物質在裏頭，因此他們身上會發出微弱的藍色光芒。

身處於充斥皮膚發出藍光的人類世界，而且這兒還有長相奇怪的水果和植物，比如紫色的蘋果味果子，長出紅色尖刺的粉紅桃子，還有剖開後流出螢光綠汁的椰子……

這兒的怪異之事數也數不盡，一開始來到這個異世界時委實令他驚歎不已，每天都有新的發現和體驗。不過，任何新奇事物看久了，也沒什麼值得驚奇的了。

「唉！在這個沒有牽絆的地方待久了，還真無聊！」他整個身體靠向牆角，等待下一輪大餐來臨。

流浪貓們大都吃得半飽了，下一輪大家應該不會急着搶奪食物，這樣他就能順利地奪得最美味的食物。

他在大夥兒後方靜待，等候白色制服男子出來的時機。一聽到動靜，他就馬上行動，並在盤子落地時迅速衝上去叼走那滋味鮮甜的魚頭！

此刻，他美美地在角落慢慢享用他的魚頭大餐，也只有在這樣的時候他才能將一直隱藏着卻難以消除，甚至越聚越多的焦慮拋諸腦後。

這兒雖然看似太平，生活也悠哉閑哉，但他心底一直有着這樣的想法：他不屬於這裏。他掛念原來世界的一切，尤其是他的家人。

再者，這世界的生物有一些「怪異」習性，讓他隱隱覺得這世界過於完美，完美得令他產生些許不安。

根據他這些天的觀察，這裏的藍人類幾乎無人在夜間出遊。只要天色稍微暗下，人們就趕着回家，閉門不出，連流浪貓狗也窩在寄居地早早入眠。

「貓不是在夜間活動的生物嗎？為什麼這麼早睡？」

「難道這世界的生物都不喜歡在夜晚活動？或者他們都擁有早睡早起的習慣？」

「大家怎麼能一直那麼規律而和平地共處呢？這裏真的是與世無爭的世外桃源嗎？」

他享用完豐盛的一餐，施施然走回平常蝸居的悠閒街區，不再去想令他傷腦筋的事。

他躺在平時慵懶躺卧的樓房下，原本想休息一會兒就好，但肚子飽滿的舒適感讓他不知不覺睡着了。待他再次睜眼已是夜深時分，他昂頭環顧四周，靜悄悄的，沒有半點兒聲息。

附近人家已熄燈睡去，同類們也蜷縮在各自的地盤呼呼大睡。

他彈起身走向自己的地盤——一張破舊起毛的暗紅色絨布沙發，誰知那裏竟被一隻胖嘟嘟的貓咪佔據了！

他客氣地「喵」了幾聲，肥貓別過頭去懶得理他。

他抓了抓絨布沙發好意提醒，肥貓還是無動於衷。最後，他無奈地嘗試發出警告的叫聲。肥貓終於轉過頭來，眯着眼瞅瞅他，又閉上眼打起呼嚕。

看來肥貓完全不把瘦弱的他放在眼裏，打算就這樣霸佔他的地盤。

他最討厭被人輕視，心口壓抑許久的悶氣突然爆發了！他要爭回自己的地盤，決不允許自己被貓欺負，即使那是體形大他足足一倍的肥貓！

他發出貓兒生氣時常見的咕嚕聲，往後騰去，然後一鼓作氣地衝向沙發！

肥貓雖然臃腫，但絕不是好惹的傢伙。面對他的攻擊肥貓反射地迅速彈開，發出張揚的嗷叫，繼而竄過來張口往他後腿一咬！

他吃疼地大叫，尖利的貓爪朝肥貓臉上扒去，肥貓閃避不及被抓傷了臉，氣憤得渾身毛髮豎起！他知道這會是場實力懸殊的硬戰，論體力他肯定敵不過肥貓，於是他選擇暫時撤退，往後方跑去，而憤怒的肥貓當然立即就衝了過來！

他逃向無人的街道，東跳西竄的，身手異常靈活。但由於街道空蕩，他這個白色目標非常顯眼，無處可遮蔽。很快地，肥貓就追上來了！

他弄翻垃圾桶，跳上涼棚，沿着水管爬行，躍去某戶人家的二樓陽台，在細細的鐵花上快速行走，又攀上冷氣散熱器，往屋頂逃去。

他沿着屋脊行走，大膽地跳向另一座樓房時往後一看，肥貓竟也跟着飛躍過來！

肥貓張牙舞爪地淩空飛來，他着急地正要繼續逃竄，這時眼前的一幕卻讓他驚恐得愣在那兒一動不敢動！

肥貓飛竄途中，漆黑的夜空中突然冒出一隻巨掌將肥貓當頭拍下！巨掌抓起肥貓，將仍在掙扎不休的「食物」放進大嘴裏！

他凝視着咀嚼食物的血盆大口，竟不曉得逃跑。半晌，他終於看清楚了。

眼前，是個巨大而陌生的怪物，全身覆蓋着深色毛髮，身長足足有兩層樓房高。他腦海閃過「巨人」兩字，又隨即被怪物那貓樣的五官否定了。

「不，不是人，是巨大的貓科動物……不，是會站立的巨虎？咦——直立巨虎？就像第一個站立的直立猿人一樣？」

他這麼想的時候，那「直立巨虎」似乎注意到他了。「直立巨虎」舔了舔嘴沿，貪婪地望着他，露出狩獵者的犀利目光。

「我……得逃吧？但以直立巨虎剛才抓肥貓的身

手，我……應該逃不掉。難道要坐以待斃？」

「不行！我不能就這樣莫名其妙地死在這個世界！小希和徐堯還不知道我在這裏，我——」

直立巨虎挪動了身子，兩眼定定地盯着他，蓄勢待發。

白貓沒辦法繼續思考，渾身冒汗，不自覺地顫抖起來。陡然，他腦海浮現一句話：你必須加倍努力活着！

他警覺地停止顫動，然後腦袋急速轉動，琢磨着如何逃生：得出其不意……

這時，他眼角瞄到屋頂邊角的碟形天線，還未想到如何行動，直立巨虎已撲到眼前！

他沒有時間思索，本能地竄去碟形天線下方。

直立巨虎一掌拍過來，使厚實的金屬碟形天線斷了兩截。

而躲在碟形天線下方的他，隨着斷裂開的天線碟子飛了出去！

直立巨虎矯捷地撲過去，牠一掌拍擊天線碟子，另一隻手掌也迎過來了……

白貓腦袋空白，什麼也無法考慮。唯一劃過腦海的快速流轉畫面，居然是妻子徐堯和女兒小希與他一起經歷的點滴……

臨死前一刻就是這樣的感覺嗎？

巨大的黑影已降臨，他眼角蹦出一滴淚，再不捨不甘，也必須離開了。他準備受死地閉上眼……

朦朧中，他聽見一陣巨響。

他慢慢睜開眼，眼前一道熟悉的火光閃現，並在他眼前開出了花。

「煙花？」他傻乎乎地呢喃。

下一道火光再現，這一回，火光朝向直立巨虎。直立巨虎畢竟是野獸，牠害怕得抱頭急竄，那龐大身軀飛快地消失於暗黑的街角，只餘下砰砰的腳步迴響……

他回過神，發現眼前站着四個人。這四人正是艾密斯團長、俊樂、桃樂絲，還有他日思夜想的女兒——小希。

白貓怔怔地杵在那兒，直到小希過來抱起了他，道：「快！再不走就沒機會回去了！」

他就這樣被小希抱在懷裏，什麼都不想，什麼也不問，周遭的一切好像沒了聲音，像一部難以置信的偉大默片。

這是他生而為人最幸福的時刻之一。距離上一回，應該有十四年了。那是小希剛來到世上哇哇大哭的瞬間……

2 古老賬本底下的秘密

「我找到可以拯救你父親的辦法了！」

「什麼辦法？」小希緊張地握緊拳頭。

艾密斯團長從口袋裏取出一疊殘舊的羊皮紙，小希衝過去接過羊皮紙，急速翻閱，疑惑地看着艾密斯團長，道：「這上面寫滿了數字，看來像是賬本。你給我賬本做什麼？」

艾密斯團長靠過來，神秘兮兮地在小希耳邊輕聲說：「這不只是賬本哦！」

小希意識到不能讓有「後見」能力的伊諾聽見，因此細聲問：「那這是什麼？」

艾密斯團長挑挑眉望向賬本，小希拿起賬本上下左右翻來翻去的，仔細端詳，道：「沒什麼異樣啊……」

突然，小希發現某一頁的文字有些模糊不清。

「這字怎麼這麼模糊？」

小希用手指往那兒一掃，想不到掃去了記賬的數目，底下顯露出其他文字！

「這賬本底下，寫着另一本書？」小希驚訝得大叫出來，但她按捺住激動的心情，拿出錢幣刮掉賬本上的文字……

底下的文字越來越清晰，從那幾行文字，小希看出端倪來了！

「是《桃樂絲冒險日誌》！」

艾密斯團長眯着眼笑起來。

「原來如此！」小希恍然大悟，但隨即晃頭道：「不，我不明白，立體書不是只有一本嗎？為什麼還有另一本？」

「噓！」艾密斯團長壓低聲量，頭部湊過來說：「這就是智慧長者桑納西斯的本事了。有些事早在她的預料之中，我們是不能參透的。」

「可是智慧長者既然能預料到你毀掉《桃樂絲冒險日誌》，直接把另一本交給你不就好了嗎？」

「這我就不清楚了，我只聽說造出立體書的人是按照智慧長者的指示，多造了一本。到了古時候教宗為排斥異族而焚書時，這多出來的一本也差點毀掉——」

「什麼？原來另外的時空也發生過焚燒書籍的事啊！」小希眉頭緊皺，她很喜歡看書，對於中世紀焚燒典籍一事，感到既生氣又惋惜呢！

「有什麼好大驚小怪，歷史總是驚人的相似，不管任何時空都可能重蹈覆轍……說回正題吧，總之這本立體書沒有被燒毀，輾轉落入修道院的修士手中，

幸運地被保存下來。不過後來又完全失去蹤跡，不曉得落到誰人手裏。」

「那為什麼現在在你手上？而且，這本書為何會被偽裝成賬本呢？」

「不是偽裝。」艾密斯團長雙手環抱胸前，噘噘嘴道：「你知道嗎？古時候紙張生產經營不易啊！多少戶人家能擁有上等良好的羊皮紙？」

「你的意思是，為了節省用紙，所以才將立體書的文字刮掉，當作賬本來使用？」

艾密斯團長點點頭，道：「一開始他們應該也沒想過要用來當賬本吧！我也是最近才從一位時空旅人口中得知這本書落在一戶沒落的貴族手裏。這貴族外表光鮮，實則家道沒落，已經是個空殼子。因此當我提出給他一幅名畫時，他馬上就把賬本交給我了！」

小希看着眼前那被刮得僅剩模糊字跡的《桃樂絲冒險日誌》，眉頭又皺緊了。

「怎麼了？」

「字跡都已經模糊不清了，這立體書還算是進入《桃樂絲冒險日誌》世界的鑰匙嗎？」*

「當然。立體書名為鑰匙的意思並不是真正的鑰

立體書是進入書中世界的鑰匙，立體書被毀滅則無法找到那個世界的入口。

匙，而是能讓我們通去另一個世界的管道。只要有鑰匙，我就能利用時空縫隙找到這個管道，去到藍人類生存的世界！」

小希怔怔地望向艾密斯團長，問道：「那就是說，即使看不清楚，這本書還是能讓我們找到爸爸所在的世界，對嗎？」

艾密斯團長肯定地朝小希頷首。

如此這般，艾密斯團長帶着小希、俊樂，還有一位特別的藍人類——桃樂絲，在時空縫隙開啟的瞬間跳了進去，來到《桃樂絲冒險日誌》的世界。

桃樂絲回到屬於自己的世界時，並沒有直接回家。對這裏最熟悉的她決定幫助小希，找回已變身為白貓的爸爸。

她帶着小希一行人來到她生活的小鎮尋找。這兒是白貓在艾密斯團長撕毀立體書那一刻逗留的地方，因此桃樂絲猜測白貓應該會在此處等候他們回來迎接。

「已經過了兩個月，小希，你覺得你爸爸還會留在這裏等我們嗎？」俊樂噘着嘴，朝小鎮四處張望。

小希不知道怎麼回俊樂，她當然希望爸爸仍留在此處，但又害怕找不到他。

艾密斯團長挑一挑眉說：「雖然不肯定，但小希的父親既然在這裏與我們失聯，當然會在這裏等我們

出現。」

「可是這裏說大不大，說小也不小啊！要怎麼找到他呢？他現在已經變身成一隻白貓，不會說人話啊！我們不可能問其他人他在哪裏啊！」

「是啊！我們只知道他現在是一隻白貓，但不知小鎮有多少隻白貓呢，要找到的機率的確渺茫，萬一他跑到其他小鎮去了⋯⋯ 」小希越說越小聲，越想就越不樂觀，眉頭都緊皺在一塊兒了。

「對啊！萬一他跑到其他小鎮，時空縫隙開啟的時間有限，可能會功虧一貴，肚勞往返呢！」俊樂歎了口氣道。

小希眉頭挑了一下，她最受不了俊樂老是說錯成語，於是她趕緊更正俊樂：「是功虧一簣，徒勞往返。俊樂，你不會用就不要胡亂使用成語啦！」

「哦！原來是功歸一虧，吐勞往返⋯⋯」俊樂這回卻唸錯讀音，更加四不像了。

原本心情低落的小希，倒被俊樂的亂用成語逗樂了，她舒展開眉頭，道：「我相信爸爸一定還在這裏。他不像你，不會慌張得六神無主。」

俊樂扁扁嘴，嘀咕道：「嘖，誰六神無主了？我上回留在迷都十九區的時候，還幫忙雷歐解謎呢！雖然一開始以為雷歐是鬼⋯⋯ 」

「那我們快點找吧！我也想快些找到小希的爸

爸，當面感謝他呢！」

桃樂絲打斷俊樂的話，急忙往前走去，大夥兒也趕緊跟上她。

他們走了幾個街區，確認了十來隻白貓，暫時還未找到小希的父親。當他們走到小鎮最熱鬧的餐飲區時，饞嘴的俊樂立即被香氣四溢的餐館食肆吸引過去。

「哇！這是什麼東西啊？那麼香……調味好特別，嗯……應該是加了茴香、百里香、番茜和胡椒粒的烤香雞！」身為食饕的俊樂馬上發揮他那美食家的風範，邊走邊分析評論：「這家傳來濃郁的韭菜香摻雜着麪粉類的香氣，看來是在炸着韭菜蝦米煎餅。啊！那家傳出濃濃的藥材味，還有一股特別的辛辣刺鼻感……應該是加了胡椒粒、川芎和當歸燉的藥材雞湯。不錯，不錯，既養生又開胃，喝了一定全身舒暢，感冒也會馬上好呢！誒……慢着！」

俊樂突然緊急「煞車」，害得跟在他後方的艾密斯團長差點兒就撞上他！

「這味道好熟悉，是──」

俊樂那似老鼠般靈敏的鼻翼動了動，兩眼突然睜大，興奮地喊道：「榴槤！」

俊樂如發現新大陸般朝小希他們大叫：「這裏竟然有榴槤做的食物！太令人驚訝了！太令人驚訝

了！」

俊樂連說兩遍以表達他的心情，然後轉向桃樂絲，問道：「桃樂絲，原來你們的世界也流行吃榴槤啊？」

桃樂絲狐疑問道：「榴槤？那是什麼？」

「就是那個啊！聞起來有點臭臭的，像……熟過頭的香蕉和怪味芝士混合在一塊兒，有一種刺鼻、發黴的奶油味，又像栗子口味加香草口味的揮發汽油。哎，總之，榴槤的味道難以形容，雖然聞起來不是很好，但吃起來——」

「吃起來怎麼樣？」艾密斯團長期待地看着俊樂。

「哈！吃起來可厲害了！像在吃一團黏糊糊的高級炸年糕，吃的時候香香的，苦苦的——」

「你說吃起來香香的，那為什麼又苦苦的呢？」艾密斯團長拿下高帽子抓了抓頭，問道。

「哈！這就是榴槤的特別之處，也是它令一眾愛好者最痴迷的地方！每顆榴槤味道都不盡相同，有些有甜味，有些是清香奶油味，還有人說裏頭有濃濃的酒味！總之啊，百般滋味在口中，吞咽下去之後更是餘味無窮……」

「說到美食你成語倒用得特別好啊！不過，我不想再聽你形容榴槤多麼美味，現在你是想吃榴槤還是找我爸爸？」

俊樂察覺到小希不高興，趕緊說：「當然是找你爸爸！多美味的食物在我眼前都不吃！即使那榴槤糕餅多香多令人回味，我……我都不會看它一眼……」

小希沒好氣地搖搖頭，問桃樂絲：「你覺得哪裏最有可能找到我爸爸？」

桃樂絲歪着頭想了想，說：「貓咪習性慵懶，吃飽後就睡覺。如果餐館後巷沒有，應該會躲在窩裏睡覺，而貓咪的窩通常在比較舒適的住宅區。」

「那我們分頭尋找，我和你找這邊餐飲區的後巷；俊樂，你跟艾密斯團長找那邊的住宅區。一個小時後，我們回到這家中華餐館前集合。」

於是，大夥兒兵分兩路，往後巷及住宅區角落搜尋。

一個小時過去，兩班人馬沮喪地回來。

「怎麼辦？還是找不到小希的爸爸……」俊樂苦哈哈地皺着一張臉。

「他會不會真的跑去隔壁鎮了呢？啊，難道胖子大公爵把他抓了起來？」小希擔憂地看着大家。

「小希你放心！亞肯德大公爵雖然有伊諾幫助，他們很可能知道我們來到這裏而跟着過來，但他們也一樣對白貓的行蹤一無所知啊！」艾密斯團長拍拍小希的肩膀，露出一貫老神在在的樣子。

「不！時間緊迫，萬一找不到爸爸時空縫隙就關閉了呢？」小希還是無法放下心來。

「那我們就再來這裏一次啊！現在有了立體書，只要時空縫隙開啟，我就能帶你們來找你爸爸。」

「不，不！你不是說過嗎？留在這裏越久，我和媽媽就會對爸爸越沒有印象，把爸爸從我們的記憶中抹去。我真的不想讓爸爸留在這裏多一天了！」

「好好好！我們今天一定能找到你爸爸，相信我。」

小希抬頭望進艾密斯團長眼底，疑惑問道：「你憑什麼這麼有信心呢？」

艾密斯團長眯着眼神秘地笑了笑，說：「我不是常說嗎？船到橋頭自然直——」

「別跟我說這種敷衍的話！」小希鼓起了腮幫，難得地對艾密斯團長發脾氣。

艾密斯團長知道自己的確太隨意對待小希父親的事，趕緊端正態度，說：「對不起，我是希望你相信一定能找到你爸爸才會這樣說，請你原諒我過於鬆散的態度。不過，我可不是什麼都沒有根據就這樣說的哦！」

大夥兒困惑地看着艾密斯團長，團長改不了習性，又露出一派輕鬆的模樣，緩緩說道：「其實啊，我來這裏之前已經請教過一位特別人物。」

「什麼什麼？什麼特別人物啊？」俊樂馬上八卦地湊到小希和艾密斯團長跟前。

「嗯，她啊，就是我的母親——希貝爾夫人。」

「你母親有什麼特別？」小希困惑地問道。

「她是少數能參透人生的修行者。從小就顯現非凡的智慧，並擁有他人沒有的慧根，能助人指點迷津。」

小希想了想，說：「那不就像廟裏的解簽人？或者像算命師？」

艾密斯團長立即晃晃頭道：「不，不，不，絕對不是那樣的人。她擁有許多學識，處變不驚，而且能使用一些特殊的工具來預測人們的未來。」

「我知道了！艾密斯團長，你的母親是預言家！」俊樂馬上如解開謎底般興奮地搶着說。

艾密斯團長優雅地笑笑，道：「或許在你們的世界是這麼說的。」

「預言？真的有人可以預測未來？」小希蹙眉質疑道。

「也不是預測未來，正確來說，是可以預測到一些事情的走向或發展，並給出解開疑惑的方法。」

「怎麼解開疑惑？」

「母親說，戌時後才是找人的最好時機。」艾密斯團長說。

「需時？什麼是需時？」俊樂傻乎乎地問小希。

「俊樂，那是古代人稱呼時間的方式。戌時指的是晚上七時至九時之間。」小希解釋道。

「她也説我們需要用到一些特別的輔助工具。」艾密斯團長故弄玄虛地挑高了眼眉。

「什麼輔助工具？」小希問。

艾密斯團長打開側背袋，大夥兒湊前去，看到袋裏的東西後都大感驚訝！裏頭居然放了滿滿的煙火！

「為什麼需要這些東西？」小希迷惑不已。

這時桃樂絲難得地開口道：「我知道為什麼需要這些東西，這跟我們的世界有關。」

「原來你們的世界也喜歡放煙火啊？」俊樂咧開嘴笑了。

「不是因為喜歡，我們放煙火是為了驅趕巨獸。」桃樂絲神情凝重起來。

「巨獸？」俊樂原本笑嘻嘻的嘴巴馬上向下彎曲成一座橋，肩膀也縮了起來。

「嗯，這裏存在你們世界所沒有的巨獸。這種巨獸外形像虎，是古代遺留下來的古生物之一。」

「慢着，你説之一？難道還有其他巨獸？」小希敏捷地發現桃樂絲話中之意。

桃樂絲歎了口氣，道：「是，我們的世界不只有巨虎，還有巨象、巨猿和巨鱷。」

小希和俊樂聽得目瞪口呆，俊樂更是忙不迭地說：「那我們得趕緊找到小希的爸爸，然後快點回去啊！我可不想碰到這麼可怕的古代巨獸！」

小希這回完全贊同俊樂，快速頷首道：「對，對！這裏有這麼可怕的巨獸，爸爸的處境太危險了，得快點找到他！」

桃樂絲抬頭望向天際，道：「太陽下山了，已快到戌時，看來艾密斯團長母親的預言沒錯。」

「什麼意思？」俊樂歪着頭問道。

「巨獸的習性是在晚上狩獵。我們這世界的人類一般戌時不到就閉門不出，就是為了躲避這些巨獸。」

「現在已快到戌時……艾密斯團長母親預言的關鍵時間是戌時，而且還讓我們準備煙火……那我們不是很大機會碰見巨獸？哦，不！應該是一定會碰到巨獸！」俊樂驚得雙目凸了出來，慌忙道：「不，不！小希，我看今天還是先回去吧！明天早點兒來——」

「不，艾密斯團長母親的預言如果準確，我們就更不能回去。俊樂，趕緊找到我爸爸就能回去了！」

「那萬一還沒找到你爸爸巨獸就出現了呢？我……我可不想被巨獸吃掉啊！」

「別怕。」桃樂絲鎮定地說，「巨獸雖然是我們世界的吃人怪物，但我有辦法暫時拖延它們，讓你們

逃走。」

「你有什麼辦法？難道你會法術？比如定身術什麼的？」俊樂吶吶問道。

「我不懂法術。」

「那你還能怎麼幫我們拖延？」俊樂努努嘴說。

「我雖然不懂法術，但我們天生具有讓巨獸退避的條件。」說着，桃樂絲深吸口氣，閉上雙眼，接下來的事情讓俊樂、小希和艾密斯團長都看得目瞪口呆。

只見桃樂絲的身體發出微微藍光，藍光越來越亮，最後她全身泛起一陣炫目的藍色光芒！

桃樂絲此時的肌膚通透，幾乎可以清楚看到皮膚內的每根微血管，而血管內的藍血像電流一般急速流動！

小希看着眼前發出螢光藍的桃樂絲，感到不可思議：「你們體內藍色的血原來會發光？」

隨即她又推測：「這就是你們藍人類世界防禦巨獸的特殊體質？」

桃樂絲睜開了眼，她身上的藍色光暈漸漸暗淡下來。她點點頭道：「是的，我們天生擁有的發光體質能讓巨獸暫時退避，讓我們爭取時間逃生。這就是所謂的自然防禦機制吧！」

「哦！我知道了，就像有些海底發光的魚，牠們也是利用這種原理躲避敵人追捕呢！原來你們的體質還有這樣的功效，太神奇了！」俊樂對會發出藍光躲避敵人追捕的藍人類感到嘖嘖稱奇，「大自然真是鬼斧神工啊！小希，我的成語應用是不是進步很多了呢？」

俊樂朝小希眨眨眼，小希欣然地點頭讚許。

「其實發光並不能擔保一定能逃過巨獸的追捕，但我們不是還有艾密斯團長帶來的秘密武器——煙火嗎？」

「有桃樂絲的發光體質躲避巨獸，萬一出了狀況還有煙火可以嚇唬巨獸，嗯……」俊樂想着覺得信心滿滿，催促大家道：「那還等什麼？快去找小希的爸爸吧！」

對於膽小的俊樂突然改變態度，大夥兒雖然覺得突兀，但這不正好是他們希望看到的結果嗎？

於是他們一行人向着小鎮住宅區走去。

戌時才過一點，巨虎獸即出來進行夜間狩獵。由於巨虎獸個頭巨大，很容易跟蹤，他們順勢悄然跟在牠身後。不久，他們看見巨虎獸一口吃下肥貓，再來白貓出現了，桃樂絲帶着點燃的煙火及時衝向前，把煙火丟向正要拍擊白貓的巨虎獸。接下來，煙火嚇退了巨虎獸，白貓也發現了他們。

事情就是這般完滿的結束。

白貓被拯救的過程雖然有些驚險，但總而來說並沒有太大的危險。

艾密斯團長帶着他們來到住宅區的小公園，時空縫隙隱匿於綠色圍牆中，不仔細瞧根本無法發現。

「好了，是時候說再見了。」艾密斯團長眨眨眼，示意小希他們向桃樂絲道別。

桃樂絲走到小希跟前，對她懷裏的白貓慎重地鞠一下躬，道：「這些天委屈你了！如果不是你，我們的世界早已崩塌腐朽。再會！」

說着桃樂絲轉過身快速離開，邊跑邊回頭說：「我回家啦！謝謝你們！有空再來玩！」

「我不想再來了，你說是嗎，小希？」俊樂壓低聲量說道。

小希難得地附和俊樂，白貓也喵了一聲表示贊同。

他們看着桃樂絲走進家門後，就往時空縫隙跳了進去。

3 族人的珍貴遺產

年幼的史蒂夫走在潮濕的下水道。

根據母親的敍述，在陰暗潮濕的地底下有一處寶藏之地，蘊藏了只有他們普羅一族才擁有及曉得的神秘遺產。

他憑着背誦許久的指示，一步步向前。母親説寶藏之地絕對不能繪製成地圖，這是為了避免族人的珍貴遺產被他人發現。

瘴氣漸漸凝聚，瀰漫了整條下水道。史蒂夫拿出事先預備的特殊口罩戴上，口罩上沾上某種對抗瘴氣的藥水，能助他順利通過這段地道。

不知走了多久，瘴氣終於散去。

史蒂夫來到一道銅製門前，除下口罩，拿出母親交予的鑰匙。他開啟了銅門，小心翼翼地走進去。

門內是個六角形窄小空間，裏頭有幾個大大的銅製櫃子，其上是琳琅滿目的占卜用具和書籍。水晶球、撲克占卜牌、龜殼、塔羅牌、羅盤、星象學書籍、手相書籍，還有看不出端倪的陶土塊、泥堆、木簽、錢幣、骰子、茶葉……

面對祖輩收藏完好的特殊用具和書籍，史蒂夫迷惘了。

「這些就是普羅族的珍貴遺產？學了這些真的就能找到自信？」

他拿起一本《測字全書》，隨手翻閱。

「測字學乃一門古老占卜術，傳聞由來自神秘時空，名為《易經》之超凡術書所演變而來。學成能預測未來發生之事，亦能精通趨吉避凶之法……」

史蒂夫不太明白書中所指的《易經》是什麼，也不相信單單憑一個隨手所寫的字就能預測未來。但既然母親讓他學，他就必須照母親的指示好好學習。

他決定隨性地學，就從他拿到手上的這本《測字全書》開始學習。

他在看似書桌的地方找到了燭台，點下油燈，挑燈讀書。

或許是史蒂夫天資聰穎，他很快就看完第一章節。

他意猶未盡，但想到母親的話：「不要貪圖多學，每次只需學習一章即可。回來後反覆複習，直到完全掌握這一章的知識為止。」

「嗯，不能做筆記，也不能把書帶出去，所以我不能一次學太多。」

於是他把剛才所讀的知識在腦海複誦一遍，隨即戴上口罩，走出去時把門關上。

就這樣，史蒂夫每天必做的事，就是到這個不為他人所知的地下室學習占卜之術。時間，一天天過去……

4 霸道的白貓爸爸

時光荏苒，轉眼距離小希的爸爸——白貓回到原來的世界，已經過了一個星期。

小希和俊樂再次回到無驚無險、只需擔憂學習及功課的日子。

雖則如此，小希的生活還是跟以前大不相同，原因當然是爸爸現在變身為一隻白貓啦！

根據艾密斯團長所說，白貓回到原來的世界後沒有變回小希的爸爸范黎，是因為白貓不只是《桃樂絲冒險日誌》的關鍵動物，同時還是另一本立體書的關鍵動物！

白貓雖然極度不忿自己是兩本立體書的關鍵動物，但也無可奈何。發怒了幾天後，他已慢慢接受事實，反正再怎麼吵鬧也無法讓他變回人類。

小希與白貓爸爸之間，現在只能通過平板電腦溝通。小希給了白貓一個藍牙無線軟墊鍵盤，方便白貓的腳掌輸入文字。

白貓通過平板電腦與女兒對話，語氣雖然溫和許多，但他的脾氣還是和以前一樣暴躁易怒。

他要小希完全依從自己的話，稍微不順他的意就氣得弄亂家裏的東西，讓小希疲於奔命地收拾。

「這臭脾氣霸道爸爸雖然變成白貓，還是一樣壞蛋！哼，氣死我了！偏偏媽咪還要我讓着他，媽咪就是太善良了，才會養成爸爸的橫蠻跋扈！」

這天早上，小希又與白貓發生衝突。看着白貓生氣得打翻花盆，她不管三七二十一，不理會他的指示直接衝出門口，不想再幫這臭脾氣老爸收拾手尾。

「哼！真希望另一本立體書快點出現！我快受不了他！」

「又是白貓惹你生氣啦？」俊樂不知何時從小希身旁竄了出來，八卦地問道。

小希生悶氣地急促往前走。

「唉！我以為你爸爸變成白貓後脾氣會改一改，想不到他還是跟以前一樣愛管閒事啊！」

「不是愛管閒事！他就是愛管我！每天說我這裏不好那裏不對，什麼事都要照着他的方式做才可以，真是煩死人了！」

俊樂看着心情不好的小希，突然想到一件事，便對小希說：「別心煩，我爸爸從國外帶回一件高科技產品，保證你看了心情大好！」

「沒興趣。」小希頂着張臭臉回道。

「問也不問就說沒興趣？」剛要伸進書包拿出

「高科技產品」的俊樂悻然停下了手，小聲嘀咕着。

想不到小希還是聽見了，說：「我現在對什麼都沒興趣，只希望臭脾氣白貓不要管我。」

「哎呀，小希，他現在只是白貓，你不用每件事都聽他的啊！」

「你又不是不知道他那臭脾氣，每當我說我有自己的做法和想法時，他就像發了瘋似的搗亂，不是弄破杯子，就是扯掉窗簾，還咬朋友送我的禮物——」

「朋友送的禮物？」俊樂赫然瞪大了眼，「不會是我送給你的貼紙、筆記本和筆袋吧？」

「那也是其中之一——」

「哼！這白貓，」一聽到白貓咬壞他送給小希的禮物，俊樂馬上忿忿不平，說：「不阻止他不行啊！雖說他是你爸爸，但也不能這樣隨便破壞你珍藏的東西！」

「呼！怎麼阻止？」

「這……就告訴他不可以這樣做吧！」

「你別忘了，他可是我那高高在上的霸道爸爸，怎麼可能會聽我的話？」

小希氣鼓鼓地握緊書包的揹帶，以她對爸爸的瞭解，爸爸會好好聽她說話簡直是天方夜譚！

「那還不簡單，快點讓他執行任務不就行了？」

一道聲音從他們身後傳來，小希和俊樂反射地同聲叫道：「艾密斯團長！」

兩人轉過身去，身穿紳士服戴着高帽子的艾密斯團長果然就在眼前。

「太好了，終於可以執行任務了！」小希從來沒有像今天這般期待任務的到來。

艾密斯團長搖搖頭，感歎道：「看來你跟那白貓還是沒辦法好好相處。」

「不是我不要好好跟他相處，是他不願意好好跟我相處。」小希辯解道，繼而她摸着下巴喃喃問道：「為什麼你說執行任務就可以了？難道讓爸爸執行任務他就會聽我說話？」

艾密斯團長眯眯笑着點了點頭，道：「有這個可能。」

「為什麼？」

「你們執行了幾次任務，竟然還不明白？」艾密斯團長提高了眼眉瞅瞅他們。

俊樂與小希晃晃頭，期盼地等着艾密斯團長為他們解開疑惑。

「每次變身為動物的關鍵人物，都與立體書內某人物的氣場類似。比如俊樂與《艾密斯馬戲團》中的奈斯圖，老人彼得與《比華利大戲院》中的創辦人彼得，再如永哥與《迷都十九區》的盧卡斯醫生……」

「原來如此！關鍵人物必定和書中的主要人物

氣場類似，所以只要我們完成任務，順利解決書中人物面對的難題，關鍵人物也能因此而解決自己的問題。」

「不錯，不錯。」艾密斯團長頻頻頷首讚許小希的領悟力。

「那就是說，完成了任務之後，白貓就會變回小希的爸爸，也會聽小希的話了？」俊樂也不落人後地推測道。

「變回小希的爸爸是肯定的，但會不會聽小希的話呢，我也不確定。可能會，也可能不會。」艾密斯團長又說了模稜兩可的答案。

「那到底是會還是不會啊？」俊樂懊惱地抓抓頭。

「總之呢，不執行任務就什麼都不知道！」艾密斯團長拍一下手道。

「那還等什麼？快去執行任務吧！」性急的俊樂一股腦兒地催促道。

「別急。還沒看立體書就想着執行任務了？」

艾密斯團長慢條斯理地從懷裏抽出一本立體書交給小希。

「《未卜先知史蒂夫男爵那跌宕起伏榮辱交加的悲慘人生》？」小希和俊樂不約而同又小心翼翼地唸出這長長的書名，兩對眼睛發出金光。

「有沒有這麼拗口，像一匹布那麼長的書名呀？」俊樂不能置信地說。

「現在市面上不是流行像纏腳布那樣長的書名嗎？想不到吧？其實，很久以前就已經流行過這樣長長又拗口、讓人不明所以的書名了呢！」

小希和俊樂一聽，四隻眼睛更為發亮了！

*　　*　　*

小希與俊樂這一天無法專心致志上課，腦袋裏裝的都是《未卜先知史蒂夫男爵那跌宕起伏榮辱交加的悲慘人生》這本立體書。單看這特殊的書名，他們就已好奇得不得了，迫不及待想知道這本立體書的內容到底是什麼呢！可惜他們必須先去上學，只好暫且放下立體書的事。

艾密斯團長臨走前特意囑咐小希，今晚酉時帶着白貓去學校與火車站之間的老地方見面。他將會在那裏交予他們第一個任務。

小希覺得艾密斯團長似乎有什麼難言之隱，但又猜不透是什麼事。

放學鈴聲響起後，兩人幾乎同一時間衝出課室。

「小希，你說你爸爸到底是為什麼會變成白貓呢？」俊樂背着書包匆匆跟上小希的腳步，問道。

「具體是什麼我也說不清楚，不過就像艾密斯團長所說，他與立體書中的人物一樣面對着類似的難

題。就是這個難題讓他變成了關鍵動物——白貓。」

「那只要我們幫助立體書人物解決了難題，你的白貓爸爸面對的問題也能迎人而解了？」

「是迎刃而解。」

「總之只要執行任務，你爸爸的問題也能解決，對嗎？」

「嗯，沒錯。」

「呵……我變成關鍵動物黑狗時明明完成了任務，解決了奈斯圖的難題，可是我根本就沒有解決到問題啊！哦不，應該說，我有什麼問題？我根本沒有問題啊！」

小希忍不住停下腳步，沒好氣地對俊樂說：「你的問題就是完全不能察覺自己有任何問題。」

「不，我真的沒有問題！我那麼熱心執行任務，對朋友肝臟相照，義父容辭——」

「是肝膽相照，義不容辭！俊樂，你可不可以改一改亂用成語的問題？」

「嘿！就是因為我敢亂用成語，才能學到更多成語嘛！肝膽相照，義不容辭。看，我又學會兩個成語了！」

「天啊！他真的完全不明白自己的問題在哪裏。」小希心裏嘀咕着，對於這個說話不經大腦，還永遠不曉得觀察別人情緒的朋友，她完全束手無策。

「對了，小希，史蒂夫男爵能未卜先知，艾密斯團長的母親也可預知未來，他會不會跟艾密斯團長的母親有關係？」

「應該不會吧，史蒂夫男爵和艾密斯團長的母親是兩個不同世界的人。艾密斯團長不是說了嗎？每本立體書都是一個特殊的世界。」

「那依你說，他們是不是真的未卜先知？」

「我怎麼知道是不是真的？我也沒見過他們。」

俊樂摸了摸下巴，眼角往右方吊起來，嘴角上彎說道：「呵，要是能碰面，我一定要問他們我以後會不會當上美食評論家，吃盡天下美食，哈哈！到時，我一定帶你一起去世界各地享用頂級美食……」

小希決定不理會這個少根筋又總是貪戀美食的朋友，加快腳步走向回家的路。她得趕緊回去翻閱立體書，並在指定的時間帶上白貓去跟艾密斯團長會合！

「小希，你別走那麼快！小希，等等我啊！」

俊樂在後頭拚命追趕，追得氣喘吁吁。幸好小希家距離他們學校很近，他們走了十來分鐘就抵達家門。

小希一個箭步衝進家裏，喚道：「白貓！白貓！」

俊樂趕了過來，正要大聲叫時突然記起不能讓小希的母親聽見，於是他壓低聲量喊道：「白貓！白貓

爸爸——」

「白貓爸爸是誰啊？」

客廳的另一個偏門開啟了，那兒是連接小希的母親——徐堯的工作室門口。

為了不打擾家人的作息，工作時間日夜顛倒又有顧客常來交涉催稿的徐堯在自家開闢了一個獨立隔間作為她的工作室。

小希和俊樂緩緩轉過身，徐堯正站在工作室門口等着他們回話呢！

「白貓不就是小希你上個星期帶回來的寵物嗎？為何叫牠白貓爸爸？難道牠做了爸爸？」徐堯睡眼惺忪地問道。看來她又熬夜趕做設計圖，一晚沒合眼，趕到現在才做完。

「他本來就是爸爸啊！」俊樂傻乎乎地回道。

「什麼意思？誰的爸爸？」徐堯擦擦眼睛問。

「小希的——」

「對了！」小希及時阻止俊樂說下去，轉移話題道：「媽咪，你不是答應過我不再熬夜嗎？為什麼又不睡覺？啊，你一定也沒吃早餐和午餐了！」

徐堯被小希這麼一問，馬上露出歉疚的模樣，像個做錯事的孩子一樣低着頭解釋道：「你也知道，媽咪一投入做設計，就什麼都忘了⋯⋯」

小希的母親是個室內設計師，常常一工作起來就渾然忘我，是典型的藝術家個性。

徐堯這時突然想起什麼，瞪大着雙眼驚呼：「哎呀！我竟然忘了！」

「忘了什麼？」

「我忘了餵你的寵物貓咪吃午餐啊！剛剛好像有聽到牠在叫，可是因為在做着最後修改，想着等一下才餵牠……」

小希感到不妙，趕緊尋找白貓。

「白貓！白貓！」

她急匆匆走去廚房、書房、睡房尋視，各個角落都找遍，就是看不見白貓的蹤影。

「怎麼辦？白貓不見了！」小希神情凝重地看着母親。

母親覺得小希太大驚小怪，笑着說：「貓咪都是喜歡往外跑的啊！牠應該只是去附近蹓躂蹓躂，待會兒肚子餓就回來了！」

「不，媽咪，你不明白，他不是普通的貓！」

「不是普通的貓？」徐堯不明白女兒說的不普通到底如何不普通，正要提問，卻聽到俊樂從屋後叫喚：「小希，你快過來！」

小希趕忙跑出後門，俊樂正蹲在籬笆外察看。

「你看！」俊樂指着地面說道。

小希踩過後院的草坪，走了過去，見籬笆外的瀝

青路印着一些腳印。由於今早下了場小雨，草地有些潮濕，因此經過草地後踩到地上，會留下沾着泥土的腳印。小希仔細端詳，發現有一些是人類的鞋印，還有一些是貓兒的腳印。

「看來白貓跟人走了。」

「誰？白貓跟誰走？」俊樂疑惑問道。

「一個白貓信任的人。你看，白貓的腳印明顯看出是在鞋印旁邊，這說明那個人不是抓走白貓，而是讓白貓跟他出去。」

「小希，你真像是名偵探啊！」俊樂讚歎地擊掌道。

「我可沒有那麼厲害，這只是普通的推理。」

「那你說，白貓到底跟誰走了呢？」

小希摸摸下巴，這是她思考時的招牌動作，然後她兀自喃喃自語道：「難道是艾密斯團長？不可能啊，他讓我們帶上白貓執行任務，應該不會帶走白貓。」

小希想不透到底是誰帶走白貓，況且這白貓可不是普通的貓，不會隨便跟其他人離開。

「不管了，小希，艾密斯團長不是說過嗎？一切的發生都不是偶然，每件事情的發生都有它的原因和機緣。白貓跟別人離開一定也有他的原因。」

小希訝然瞅着俊樂，想不到俊樂居然會記得艾密斯團長說過的話。

小希呵了口氣，心中的焦慮稍微平息了些，說：「好，那我們先回去看立體書吧！」

＊　　＊　　＊

小希對母親交代了要寫閱讀報告後，就拿出立體書來，跟俊樂一塊兒專心致志地閱讀。

徐堯看着小希認真看書的身影，頗為安慰：「這孩子這麼愛看書，像極了她爸爸——」

徐堯突然頓了頓，似乎想起了什麼，喃喃說道：「對啊！小希她爸爸怎麼那麼久都沒聯繫我？雖然我跟他說過，工作忙就不用給我訊息，但⋯⋯好像也太久沒消息了⋯⋯」

自從白貓回到這世界後，徐堯又漸漸回想起自己和丈夫相識的點滴，也記起丈夫是到國外出差才許多天不在家。

徐堯拿起手機，正要撥號給丈夫，臨時又打消了主意。

「還是不打擾他吧！沒消息就是好消息。」

徐堯施施然走去廚房弄熱小希留給她的飯菜。

5 令人傷心的結局

小希和俊樂打開了期待已久的《未卜先知史蒂夫男爵那跌宕起伏榮辱交加的悲慘人生》，一位年輕俊秀的男子映入眼簾。

那男子穿着華麗，高雅的錦緞翻領白襯衫、剪裁合身的灰藍色外套、外套排扣與袖口繡着金黃色華貴的花紋，灰藍褲子與外套一體成型，配上挺拔的黑色皮靴及朱紅色天鵝絨披風，宛如翩翩風度的王子。

俊秀男子站在一位戴着皇冠的尊貴人士面前，那尊貴人士手上提着一本金色簿子。小希讀出這一頁的文字：「今天是史蒂夫受冊封為男爵的加冕日。出席觀禮的皇族破天荒地擠滿了宮廷。宮廷外也排了長長一列的高官及平民，大夥兒都來祝賀史蒂夫的加冕儀式，並冀望能見上史蒂夫男爵一面。」

「為什麼大家都要來祝賀史蒂夫男爵？還那麼想見他呢？」小希疑惑地提出疑問。

俊樂托了托腮，扁着嘴思索一下，繼而睜大眼驚喜地說：「我知道了！這史蒂夫男爵一定是世上少見的美男子！所以大家擠破頭也要來看他一面啊！」

小希悻悻然瞄了俊樂一眼，完全不理會俊樂的説辭，繼續翻開第二頁。畫面是史蒂夫跪下來，接過尊貴人士遞過來本子，讓他為自己戴上鑲嵌着淺色銀圈和銀球的帽子。一旁的人們露出豔羨的模樣，人羣中有一名中年婦人特別引人注目，她揮舞着手絹，眼中滿是淚水。

「史蒂夫破例被泰安國的國王冊封為男爵，這是史上第一個從平民冊封為男爵的歷史性時刻。史蒂夫的母親艾莎夫人眼含淚水，她期盼這一日許久了！」

「原來那位美麗的婦女是史蒂夫男爵的媽媽。真是有其母必有其子，兩個人都這麼好看！咦，這兒有個突出的紙片，快拉開來看看！」俊樂着急地説。

小希拉開右下角的小紙片，上面畫着另一位皇族人士唸着：「史蒂夫在泰安國與敵國爾錦國對戰一役預先給予戰略忠告和計謀，讓吾國免於一場腥風血雨的戰事，不戰而勝，功勳可匹敵保家衞國的公爵，特此破例冊封其為國家一級男爵，等同伯爵之位，並賜予一方國土——薰衣草莊園，人數相應的士兵與僕人。」

「哇！這麼好！國王賞賜土地，還有士兵和僕人！這史蒂夫男爵等於是小國的國王了啊！你説是不是？」俊樂豔羨地讚歎道。

小希似乎沒聽見俊樂的話，她撫着下巴，喃喃地

說：「難道他真的未卜先知？為何能讓泰安國不戰而勝？」

「當然是真的啦！不然怎麼可能那麼多人爭着來見他一面？史蒂夫男爵，我也好想見上你一面，到時你一定要給我出個主意，讓我以後能成為美食家，吃盡天下美食——」

俊樂激動得雙手一揮，整本立體書被他掃去半空，再「砰」地一響重重跌落地下！落地時其中一頁展開來，就這般鋪在地面。

小希十萬火急地跳起來，責備道：「俊樂！立體書毀了就糟啦！」

「對不起！我不是故意的！千萬不要破掉啊！」

俊樂想不到自己無意中居然闖了大禍，慌忙去撿起立體書，仔細察看鋪展在地面的立體書頁面有沒有被扯破或毀壞。

看到那一頁的場景和立體畫面完好無缺，俊樂舒了口大氣：「呼！幸好沒破！」

正要合上書，小希卻湊上前來，唸道：「史蒂夫男爵站上萬龍塔，擁有最高權勢和地位的他感到生無可戀。他看似擁有了一切，卻什麼也沒有得到。他一輩子預測了許多事，卻無法預測到自己最後的命運。」

小希神色凝重，咽下口水，慎重地讀完最後一

句：「他爬上塔頂，在城市中央的最高處緩緩躍下，結束了他毫無意義的一生。」

俊樂傻了眼，半晌，才不肯定地問道：「這就是史蒂夫男爵的結局？這結局果然像書名所寫那樣，是悲慘的人生？」

小希抬起頭，眉頭逐漸皺緊，一臉憤怒地說：「不！這絕對不是史蒂夫男爵的結局！」

她匆匆翻閱立體書其他頁面，急速唸出：「史蒂夫男爵幼年時經歷過許多磨難，母親艾莎夫人為了讓史蒂夫能出人頭地，每天都要他通過一條瘴氣地下道，進入一個無人得知

的密室學習普羅族祖先留下的占卜術。

小希翻到另一頁，繼續唸：「艾莎夫人在一次重要的聚餐時，利用占卜術給予伯爵夫人忠告。伯爵夫人聽從艾莎夫人的勸告沒有赴約，避開了一場食物中毒的意外。自此之後，城中高官顯要競相來請艾莎夫人為他們占卜每日運程。艾莎夫人帶着史蒂夫穿梭貴族社會，生活過得優渥而時髦。

「史蒂夫長大後，繼承了母親的占卜職業，替高官們占卜吉凶，非常受歡迎。所到之處必引起民眾聚集圍觀，大家都想知道史蒂夫今天又預測了什麼。只要史蒂夫讓大家去買的東西，大家都爭着買；史蒂夫要大家扔掉的東西，大家趕緊扔了；他要大家別去的地方，大夥兒都不敢去。」

「哇！這史蒂夫簡直是神明啊！小希，你說是嗎？」俊樂對大家崇拜史蒂夫的行為感到咋舌。

「就算不是神明，也差不多了。」小希說着，趕緊翻到下一頁，繼而又下一頁。她越讀就越心驚肉跳，史蒂夫男爵成長後的人生看似非常順利，但越順利就越讓人感到不安。

「史蒂夫在一次與敵對國家爾錦國的戰事爆發前，給予國王提示，提前在敵軍王子經過的地方設下陷阱，並在井水投下迷藥，使敵人不戰而敗。國王因此破例冊封身為平民的史蒂夫為泰安國的第一男爵，賞賜一座方圓幾十公里的薰衣草莊園，擁有享用不完的錢財及權利。

「史蒂夫在一次天災來臨前預先給出警告，由於王子不聽勸告拒絕迴避，王子因此被困山中，並因而離世。

「這次災難事件後，國王及王后更對史蒂夫的預言及勸告深信不疑，甚至達到依賴的程度。每天早晚都要史蒂夫給予出行建議、如何趨吉避凶等，更指派史蒂夫為泰安國的國師，國家大小事都須先請示國師，史蒂夫儼然成為國家的最高權力者。但就在此時，艾莎夫人因病離世，史蒂夫驟然失去了生活的重心。」

小希焦急地翻到下一頁讀下去：「擁有權力和最高地位的史蒂夫並不開心，失去母親後，他的生活沒有了意義。他所作所為自小都是依從母親的指示及要求，他甚至不知道自己喜歡什麼，也從未想過自己可以追求什麼。」

俊樂和小希看向這一頁的立體圖，史蒂夫站在偌大的宮邸內，卻兩眼無神，對任何事都興致缺缺。

小希翻到最後一頁，也就是剛才小希看到的那個悲劇畫面。史蒂夫萬念俱灰，從萬龍塔往下墜落，結束他悲慘的一生。

小希懊惱地合上立體書。從來沒有一本立體書的

結局是悲劇，小希此刻的心情既沮喪又懊惱。

「史蒂夫那麼愛他的母親，沒有她就活不下去？」俊樂問。

小希斟酌地想了想，説：「應該不是這個意思。史蒂夫從小就在母親的期盼下長大，做的都是母親讓他做的事，從來沒有為自己活過。所以一旦失去母親，他就突然失去了重心，不知道為什麼而活吧？」

俊樂點點頭，道：「原來如此。太可惜了！明明什麼都擁有了，為什麼還要尋死？我真是不明白。」

「你沒有經歷過被人操縱的人生，當然不明白。」

「你有嗎？」俊樂看着小希。

小希想起霸道的父親什麼都要她聽從他的意見，似乎頗能感受史蒂夫的心情。她頷首道：「父親常逼迫我做自己不想做或不願做的事，看來我能稍微理解史蒂夫的感受。」

小希感到唏噓。這樣的人生即使多麼有成就，但始終不是他想要的人生。她想起自己和父親，似乎能預想到她的未來也將步史蒂夫男爵的後塵，沒有自己的主意和想法地度過一生……

俊樂少有地陷入了思考，接着他突然打了個響指，大叫道：「不對！」

「什麼不對？」小希感到愕然。

「不是說立體書的關鍵動物和書中的主人翁氣場相似嗎？可是你看，史蒂夫是個被母親操縱人生的人，而那隻白貓，也就是你的霸道爸爸，卻是操縱你人生的人。要說和史蒂夫男爵氣場類似的人，應該是你才對啊！」

小希全身一震，覺得俊樂的話不無道理。

「小希，你才是未卜先知史蒂夫男爵那跌岩起伏——」

「是跌宕起伏！」

「哦，是未卜先知史蒂夫男爵那跌宕起伏榮如……哎呀，這麼長的名字，好難唸！啊，不如就叫『未卜先知男爵』立體書吧？怎麼樣？」

「隨便你，簡單點也好。」

「好，總之，你才是這本『未卜先知男爵』立體書的關鍵動物才對！不是嗎？」俊樂手指着立體書的封皮，義正辭嚴地說。

小希摸摸下巴，喃喃地說：「我也不知道。可是既然我爸爸變成白貓，應該是他跟史蒂夫男爵有同樣的問題……」

小希望向牆上的時鐘，距離他們與艾密斯團長約好見面的時間還有一個小時。但她此刻覺得腦海一片混沌，對於這回的任務感到莫名憂心。

6 白貓的際遇

白貓窩在舒適的毛茸茸毯子上，蜷縮成一個圓形物。

小希上學的這段時間，是他難得的睡眠時間。

自從回到他們的世界之後，白貓就一直睡不好。白天小希在的時候，他跟在小希身旁，盯着她做功課、煮東西、做家務。小希稍微有一些事做不好或態度鬆懈，他就會馬上指正她，要她改正過來。比如小希吃完飯沒有馬上收拾桌子，他就會要她馬上做好；小希功課沒做完想透透氣看一下手機或聽聽音樂，他會過來「沒收」手機或其他網絡電子用品；他還會檢查小希抹過掃過的地板乾不乾淨；幾點必須準備食物給他，幾點又必須準時上牀睡覺。

他儼如一個管家，哦不，應該說是奉行「斯巴達教育」*的嚴厲軍官，把小希當作他的軍人部下般指

*指通過嚴格的軍事體育訓練，把斯巴達人子弟培養成國家需要的武士。現在也代表着一種紀律嚴明的生活方式，猶如軍隊一樣遵從指令。

揮她做事。

到了晚上，他腦袋甚至比白天更活躍，目光炯炯地擔任巡邏任務，精神奕奕得無法入眠。於是他每天都鑽進徐堯的工作室，看她設計圖稿，或窩在她的腳邊休息，陪着她工作至清晨。

徐堯有時做得悶了，會低下頭來跟他說話，說些工作上面對的難題，某些特別的房子如何令她着迷，興奮地述說要怎麼改造與設計，讓居住的人心曠神怡。

這時候他就會想，他的妻子果然真心熱愛工作！然後他靜靜地聽着妻子的低聲絮語，這樣的時光是多麼幸福啊！

從前的他每天忙於工作，極少有時間和妻子促膝長談，互相陪伴依偎。

這天，白貓幸福地聽着妻子的叨絮。直到清晨降臨，他才走出徐堯的工作室。

小希已準備好早餐和他的食物，匆匆忙忙吃着麵包趕着上學，結果不意從麵包內流出一滴奶油在地上。白貓怒目瞪眼，為了不驚擾在工作的徐堯，他憤怒地在藍牙墊子上輸入：「馬上擦乾淨！還有，廚房的鍋子還沒抹乾，給我喝的牛奶還沒收好！」

小希背起書包正要出門，看到iPad上顯示的文字，懶得跟白貓多說，回道：「我快遲到了！回來才

收拾！」

白貓趕在小希出門前氣憤地弄倒了屋子內的盆栽，濺了一地的泥土。小希居然毫不在意地說：「回來一併收好這攤爛泥！」

白貓眼睜睜看着小希衝出門外，只來得及憤怒地嗷叫一聲，就悻悻然回到屋裏，看着自己搗出來的爛攤子。

「哼！等她回來，我一定要好好訓示她！做人孩子的怎麼能這樣無視父母的話！真是越來越無法無天！」

白貓忿忿不平地走去廚房，在小希為他準備的盆子內喝了幾口水，平息下情緒，再施施然走回去客廳的毛毯上，準備好好睡上一覺。

白貓合上眼很快就睡去。

時間一晃眼過去，到白貓睜開眼瞄向時鐘，已接近小希放學時間。他別過頭，捨不得起身，打算再小睡一會兒，外頭卻傳來一些動靜。

他警覺地豎起耳朵，聽到門外有人在說話，但不知是誰。緊接着，有個人掠過窗戶，那身形神似亞肯德大公爵。他睡意全消，馬上從毛毯彈起，迅速跳去窗邊查看，此時門口傳來急促的敲門聲。

「亞肯德不會猖狂到直接跑來抓我吧？」他正想着，門外的人説話了：「快開門！我是小希！我的鑰匙漏在學校了！」

「是小希？」

白貓過去拉動特殊裝置的繩子，繩子牽動門把，大門開啟了。

只見小希焦急進來，對他說：「亞肯德大公爵要抓走你，我們快去跟艾密斯團長會合！」

白貓趕緊跟着小希出門，但小希叫住他，道：「別忘了拿最重要的溝通工具啊！沒有了那個，我們可就無法好好溝通，真的『人同貓講』了！」

於是小希返回去，在客廳桌上取走了iPad和藍牙軟布鍵盤，兩人從後門匆匆離開。

小希帶着白貓朝前方走去，經過小希的學校，再走過人行天橋，往火車站的方向走去。小希看到前方道路有一道水漬，高興地說：「就在前面了，我們快走！」

小希興沖沖走上前去，此時白貓卻不走了。

小希倒回來催促白貓：「怎麼突然停下？不是跟你說了要趕去跟艾密斯團長會合嗎？」

白貓乾脆坐下來，舔起右前肢。

「呵，你到底怎麼了？不會是不想去執行任務吧？」

見白貓似乎沒把她的話聽進去，小希將藍牙鍵盤推到白貓的跟前，說：「你到底怎麼回事？」

白貓用眼角瞄了她一眼，懶懶地在軟墊上輸入：「不想了。反正我作為白貓生活的日子這麼寫意，我為什麼還要變回庸庸碌碌的人呢？」

「你！你真不想變回人？」小希露出不可置信的模樣，「人才是萬物之靈，沒理由不想當人而想當貓的！」

「我就想當貓，不行嗎？」白貓一副不可一世的模樣，令小希恨得咬牙切齒。

這時兩道身影從牆邊躍下，轉了幾圈才停止。眼前站着的，竟然是亞肯德大公爵和大塊頭伊諾！

「亞肯德大公爵！你怎麼來了？」

小希防備地站到白貓身後，見白貓一點兒不為所動，疑惑地問白貓：「你怎麼還這麼鎮定？他們可是要來抓你的啊！」

白貓又用眼角掃了小希一眼，輸入道：「我為什麼要怕被抓？反正我都不想當人，根本沒必要執行任務，你們抓了我也沒用啊！再者，跟你們一起，反而可以阻止你們做壞事，不是嗎？」

「壞……壞事？我們又沒有做什麼搶劫殺人的壞事，你別亂說！」伊諾忿忿不平地替大公爵說話，「我們大公爵可是所有時空最厲害的幻術使用者，最令人敬畏的大法師！才不會做什麼壞事呢！」

「用幻術做壞事還一樣是做壞事啊！」白貓寫道。

「難道你不怕我用幻術對付你？」亞肯德大公爵這時忍不住出聲了，他最容不得別人的侮辱，畢竟他可是這宇宙中最尊貴的大公爵啊！

「我怕就不會還在這裏。」白貓一字一句輸入道。

亞肯德大公爵鼻孔冒煙，這白貓還真是膽大包天，竟敢在他面前如此放肆！

伊諾見大公爵生氣了，趕忙衝過去抓白貓，但白貓身形矯捷，無論伊諾怎麼追趕都夠不着他。

最後伊諾放棄了，氣喘吁吁地

回到大公爵身旁等着被責備。

白貓用那毛茸茸的小手輸入道：「我是人的話還怕被你們抓，但我現在可是貓！怎麼可能這麼容易被抓住？」

亞肯德大公爵沉下了臉，伸手進懷裏拿出個小瓶子，他打開瓶口，白貓立即彈得遠遠的，香氣沒沾上他，卻沾上了小希。

小希趕緊喊道：「快救我！你不是我爸爸嗎？怎麼可以對孩子見死不救？」

亞肯德大公爵看着小希飛至半空，明白過來，道：「哼！你這個沒用的傢伙！他早就把你看穿了！」

「啊——」小希從空中落下，掉至半空就已轉為原型——奧狄。

奧狄站定於地上，狼狽地問白貓：「你是什麼時候識破我不是小希的？」

「一開始就識破了。」

看到白貓的回答，奧狄用雙手梳理一下頭髮，皺着眉頭問：「我自認模仿得完美無缺，無論外觀、聲線、動作，都跟小希一模一樣。」

白貓冷笑一下，寫説：「小希就算忘了帶鑰匙，也不會跟我説。你以為她被我罵得還不夠多嗎？」

「就這樣？」

「再者，小希是需要iPad跟我溝通，但她現在可不喜歡跟我溝通。如果可以，我看她根本不想跟我溝通。所以她絕對不會説什麼『拿最重要的溝通工具』，還有什麼『好好溝通』。」

奧狄晃晃頭，兩手無所謂地擺了擺，説：「我承認，我這次是演得太過。嘿！不過，下回可沒那麼容易識破我高超的易容術了！」

奧狄還是一貫地對自己的易容術自信十足。

「夠了！明明失敗了還說這麼多做什麼？越狡辯越顯得你的易容術差勁！」亞肯德大公爵不悅地吹鬍子瞪眼，「看來收你當徒弟是不太明智的選擇。」

「不！我可比這傢伙強多了，不是嗎？」被大公爵輕視的奧狄不服氣地指着伊諾。

伊諾一臉不以為然，道：「我最近的能力可是增進不少，不但能『後見』到發生過的事，還能『預見』到即將發生的事情！厲害吧！」

伊諾美滋滋地露齒笑了笑，頗為驕傲地仰起頭，連一向不喜稱讚他人的大公爵也少見地點頭讚許。

「嘿！那又怎樣？你又不是每次都能夠『看見』。」

「我……我只是偶爾失敗一兩次——」

「不只一兩次吧？你前幾天每一次都看不到時空縫隙的開啟時間和地點。」

「可……可是我今天看到了啊！」伊諾被逼得結巴起來。

奧狄撲哧一聲笑出來，說：「只有今天看到有什麼好得意？」

說着奧狄走到伊諾跟前，奚落他道：「偶爾看見的能力，就不是真正無敵的能力！」

「你……我一定會修習到可以每次都『看見』

的！」伊諾急得臉都漲紅了。

「好了！吵什麼吵？現在是爭這些的時候嗎？你們的能力如果不能為我所用，我就把你們統統踢走！」大公爵氣得翹鬍子瞪眼，這徒弟倆真是沒一次能讓他省心，老是出些紕漏和差錯。

「那我們現在要拿這白貓怎麼辦？」伊諾傻乎乎地問道。

亞肯德大公爵吹了下鬍子，道：「抓不到他，也不能讓他來破壞我們的計劃，走！」

說着，大公爵拿起地上的iPad和藍牙鍵盤，一把拋進水裏！

白貓一驚，看着沉入水中的「溝通工具」，有些茫然失措。只耽擱那麼一會兒，亞肯德大公爵和兩位弟子已走遠。

「想甩掉我可沒那麼容易！」白貓心想着趕緊追了過去。

他看着大公爵和弟子們跳入河中，趕過去時，找到河水中的暗影旋渦。

「那就是時空縫隙吧？不管了！」白貓把心一橫，俐落地跳了進去！

就在白貓跳入河水中一個小時後，小希和俊樂來到了河邊。

他們倆赴艾密斯團長之約，在這「老地方」等候

艾密斯團長的到來。

他們等啊等，等了快兩個小時團長還沒出現。俊樂等得有些不耐煩，着急問道：「艾密斯團長是不是真的會來？」

「會的。他說酉時在學校與火車站之間的老地方等，酉時就是五點到七點之間，而學校與火車站之間的老地方，是上回你變成黑狗時我遇見他的地方，也就是這條河邊。他之所以說得那麼模糊，時間不確定，地點也不明說，應該是為了不讓有後見能力的伊諾知道我們會面的準確時間和地點，好爭取時間交代任務。」

「為什麼要這麼模糊不清？伊諾不是只有後見能力嗎？」

「不。據艾密斯團長說，伊諾現在煉成了預見能力，我們以後做什麼計劃都必須更謹慎了！」

「哦……原來如此。我知道了，都快到七點了，他應該就要出現——」

未等俊樂說完，艾密斯團長突然從冒泡的河水中躍了上來，把他們濺得滿身是水！

俊樂懊惱地甩掉水，狼狽地說：「艾密斯團長！你又這麼莫名其妙地出場了！」

「是出其不意才對，哈哈！」艾密斯團長優雅地揮掉身上的水珠，望向小希和俊樂，道：「咦？白貓呢？」

小希垂下眉頭，悻悻然地說：「我們放學回家就不見他蹤影，只知道他跟一個信任的人離開了。」

「離開？只有我們知道他是范黎，怎麼會隨便跟人走？」

「我也是這麼想。」小希無奈地擺擺手。

艾密斯團長皺了皺眉，馬上又一副完全沒事的模樣，道：「算了，任何事的發生都有它的原因，我就先交給你們第一個任務。」

小希接過團長手中的牛皮紙，展開來，唸道：「申時，帶史蒂夫去地下街。」

「呵？這是什麼任務？只是帶史蒂夫去一個地方，算什麼任務？」俊樂困惑不已，「這任務也太容易了吧？」

「呵呵！你覺得會這麼簡單嗎？」艾密斯團長朝俊樂眨了眨眼。

「哎呀，難道會遇到什麼巨獸，還是什麼吃人怪物？」俊樂不以為意地開玩笑，誰知卻迎來艾密斯團長凝重的眼神。

「雖然沒有巨獸，不過，據説那裏有着令人聞風喪膽的吃人怪物…… 」

俊樂咕嘟一聲咽一下口水，看來這一回任務的艱險，絕不是之前幾本立體書所能比擬。

小希在一旁推敲着，而後發出疑問：「申時？不對啊！艾密斯團長，申時是下午三點至五點，但現在都已經傍晚七點了！」

艾密斯團長挑了挑眉，回道：「你說的沒錯，這表示明天才能執行任務。」

「明——天？」小希和俊樂不約而同地問道。

「那我們現在不用去立體書世界嗎？」俊樂問。

「不，當然要去。」艾密斯團長雙目眯了起來，「我估計，白貓現在就在立體書世界。」

「什麼？白貓在立體書世界？」

小希和俊樂又不約而同地睜大了眼。

7 艾莎夫人的卡牌占卜

白貓墜入一道迷幻地域，那兒布滿煙幕，景象快速更迭，他似乎看到了許多山川雲海，又如霧裏看花，來到了虛幻的夢境。

等到他能清楚分辨眼前的東西是什麼時，他已來到了立體書世界。

首先映入他眼簾的，是一座天使塑像。他撥開身旁的樹叢，走了出去。

放眼望去，是佔地幾公里的偌大庭院。庭院聳立着幾座石膏塑像，全是些偉人或天使模樣的雕塑。植物多是灌木，錯落有致地栽種於庭院各個角落。庭院偏遠處是一座綿延的白色宮邸，建築華貴又有氣派，還有着古希臘宮殿的高雅氣息。

「我好像來到了一個了不起的地方。」白貓思忖道。

這時天使塑像後方有對話聲響起，白貓悄聲走過去，發現是亞肯德大公爵在跟兩位徒弟談論待會兒要施行的「大計」。

「艾莎夫人今天被伯爵夫人召進官邸，趁她來到

官邸時，我會對她行使我亞肯德大公爵最最厲害的無敵蠱惑術！」

伊諾有些摸不着頭腦，傻愣問道：「大公爵，你的幻術那麼厲害，為何不直接對整本書行使幻術，而是只對艾莎夫人行使蠱惑術——」

「是最最厲害的無敵蠱惑術！」大公爵翻一下白眼，暴躁地更正道。

「是，是！您為何要對艾莎夫人使用最最厲害的無敵蠱惑術？」伊諾趕忙修正説辭。

「哼！只要用最最厲害的無敵蠱惑術控制了艾莎夫人，我想讓她做什麼她就做什麼，我要她説東她不能説西，要她走她不能停下，我甚至能讓她馬上去死！哈哈哈！還有什麼比控制一個人更讓人有滿足感呢？哈哈哈哈！」

伊諾死命點頭，奧狄則不忘諂媚地舉起兩隻大拇指讚賞大公爵，兩人的馬屁功夫真是越來越精進了啊！

白貓在塑像後聽到一切，心中暗自打算。

亞肯德大公爵和徒弟們等了好一會兒，不久就有一輛馬車從大大的籬笆門駛進來。馬車停在宮邸前，一位管家打扮的僕人已候在那兒，馬車內的艾莎夫人在僕人迎接下走了下來。

此時，大公爵從一旁的樹叢摘了片樹葉，隨即口中唸唸有詞，霎時間狂風大作，樹葉紛飛，守在宮邸外的僕人和艾莎夫人為防風沙吹進眼裏，紛紛遮蔽住眼睛。於是乎，大公爵走到艾莎夫人跟前，在她還未反應過來時施行了大公爵最最厲害的無敵蠱惑術。大公爵對艾莎夫人指示道：「進行占卜時，必須依照我的指示，讓伯爵夫人去餐會。」

施行完幻術，艾莎夫人仍處於昏朦狀態，大公爵笑眯眯地帶着兩位徒弟施施然離開「案發現場」，而白貓則趁此時機竄進宮邸。

白貓走在幽深的宮邸內，找了處不易讓人發現的角落隱藏起來。這時候，艾莎夫人從外頭進來了。

白貓在遠處端倪艾莎夫人，她的穿着打扮類似波希米亞風，身上佩戴着許多首飾，走起路來發出叮鈴噹啷的清脆聲響，似從遠方傳來的幽遠鈴聲，這讓艾莎夫人增添了一絲捉摸不透的神秘感。

艾莎夫人被帶進一個起居室，白貓伏在外頭窺探。

起居室內既寬敞又華貴，兩道落地窗戶灑進暖暖的陽光。一位面容端莊、約四十來歲的女子坐在暗紅色鵝絨面料的華麗沙發上，她站起來迎接艾莎夫人，說：「你來了。」

「是，伯爵夫人。」艾莎夫人回應道，繼而坐在伯爵夫人旁邊。

「快來幫我占卜今天的運程吧！我今天要參與一個很重要的餐會，國內外的高官權貴都來了，但我今早起身渾身有點兒不對勁，左眼皮跳個不停！怕是有什麼不好的預兆啊！你快幫我看看，今天是不是不要出行比較好？」

艾莎夫人從帶來的瑰麗珠子提包中取出幾件東西，白貓好奇極了，忍不住悄聲走進室內，躲在距離沙發最近的櫥櫃後方，伸出頭細細觀察。

那些東西擺在桌上，是幾個小貝殼，還有一副類似塔羅牌的卡片。

「伯爵夫人，請你隨意擺放貝殼。」

伯爵夫人猶豫了一陣，擺好貝殼，想一想又改變一下貝殼位置。

艾莎夫人這時用那神秘的眼睛瞄了瞄貝殼，繼而望向落地窗戶外，眼神專注而迷濛，像是在觀看窗外很遠的地方。接着，她拿起卡片，開始洗牌。

白貓在艾莎夫人望出去時，接觸到她深邃的眼神。心想：應該是這雙眼睛讓人感到神秘吧？

洗好牌後，艾莎夫人將卡片橫向整理成一疊，請伯爵夫人切牌。伯爵夫人遵照艾莎夫人的指示，切牌三次。

「現在，抽出三張吧！」艾莎夫人說。

伯爵夫人皺一下眉頭，緊盯着桌上的卡片，然後抽出三張牌。

艾莎夫人緩緩翻過這三張牌，依次是命運之輪、星幣及愚者。

白貓雖然沒真正玩過塔羅牌，但曾在電視或網絡上看過類似的圖樣，心裏不禁想：這應該跟我們世界的塔羅牌占卜差不多，不過，這種占卜真的可靠？

只見艾莎夫人閉上眼睛，將手掌平放在牌上，似乎在揣摩這三張牌的寓意。突然，她臉部抽搐起來，眼睛微張翻着白眼，全身抖動不已！

「怎麼了？艾莎夫人，你怎麼了？」伯爵夫人驚慌地問：「不會是什麼不好的預示吧？」

艾莎夫人沒有理會伯爵夫人，此刻的她只感到頭暈目眩，神智不清，連自己是誰也搞不清楚！

「艾莎夫人！艾莎夫人！」伯爵夫人着急喊道。

艾莎夫人繼續陷入昏濛狀態，叫也叫不醒。白貓心想：這就是亞肯德大公爵對艾莎夫人行使的無敵蠱惑術！讓人陷入神智不清的狀態，接下來，她應該會依照大公爵指示，說出他要她說的話！

幾分鐘過去，艾莎夫人終於恢復意識。她睜開雙目，眼神呆滯地回說：「這次餐會事關重要，會遇上你們家族的貴人。」

伯爵夫人聽到艾莎夫人的占卜結果，緊繃的面容終於展開笑顏，高興地說：「太好了！我就知道必須

參加今天這餐會！」

伯爵夫人拍一下沙發，欣喜地說：「哎呀！得去換衣服，艾莎夫人，你來幫我選吧！」

「沒問題。」

艾莎夫人這時已清醒過來，她站起身，隨伯爵夫人進入起居室裏面的一個房間。原來那兒是衣帽間，掛滿了伯爵夫人的華貴衣裳、首飾和穿搭配件。

白貓悄悄依附在門邊，對伯爵夫人琳琅滿目的行當嘖嘖稱奇，心想：伯爵夫人果然夠奢侈，派頭十足。

「這件好，適合聚集人氣與能量。」艾莎夫人指着其中一件鑲上珍珠亮片的禮服，那銀白色絨毛小外套上縫製着層層白色鵝毛，顯得仙氣飄飄。

伯爵夫人依照艾莎夫人的提議，走進房間裏換上高貴的禮服。

「艾莎夫人，你陪我去吧！」伯爵夫人選了個美麗的首飾，為艾莎夫人掛在脖子上。

艾莎夫人也不顯得驚訝，欣然接受伯爵夫人的饋贈，並說：「多謝伯爵夫人厚愛。」

兩人步出衣帽間，白貓趕緊閃去一旁的小矮桌。

伯爵夫人儀態萬千地踏出起居室，艾莎夫人緊隨其後，白貓也從小矮桌竄出來，準備尋找時機溜出宮邸。就在此時，他全身似有一陣電流通過，毛髮豎立起來，雙目睜大，像隻奇特的刺蝟貓！他感到體內有一股亂流在攢動，繼而身不由己地發出嗷叫，急速向前奔去！

伯爵夫人、艾莎夫人及隨從不約而同轉過頭，但只見到一個毛茸茸的小東西衝向她們，隨即伯爵夫人厲聲尖叫起來！一旁的僕人驚慌地攙扶夫人，半晌，夫人驚魂未定地站在那兒，正要問僕人發生什麼事，僕人卻嚇得大叫一聲！

伯爵夫人和艾莎夫人同時跳起來，她們身上的衣裳被抓破了。伯爵夫人小外套上的鵝毛脫落下來，散落一地。而艾莎夫人的珠子提包也跌在地上，蓋子掀開了，裏頭的占卜工具如貝殼、錢幣、卡片等都掉了出來，還有一個看起來非常重要的水晶球碎裂開來！

僕人們手忙腳亂地幫艾莎夫人拾起占卜工具，但伯爵夫人的衣裳可沒辦法復原啊！

「到底是什麼鬼東西？」伯爵夫人氣憤大喊，這時眾人終於看到了。迴廊尾端，站着一隻眼神凌厲的白貓。

「夫人，一定是那隻野貓做的！」其中一名僕人說得戰戰兢兢，深怕被夫人責罰。

伯爵夫人正要發飆，誰知白貓突然又發瘋般衝向她們！

一時間，宮邸內淒厲聲四起。大夥兒忙亂地躲避白貓的攻擊，殊不知白貓這回並沒有攻擊伯爵夫人，而是朝起居室竄去。

「還不快攔住牠！」伯爵夫人氣急敗壞地說。

僕人們忙不迭地追過去，但等到僕人們趕到時，白貓已如蝗蟲過境般，毀壞了伯爵夫人華貴奢侈衣帽間的所有物品……

伯爵夫人看到被摧毀的衣帽間，頓時暈了過去！

宮邸內又是一陣擾擾攘攘，此時的白貓已在宮邸外的庭院。

經白貓這麼一鬧，伯爵夫人肯定無法依時赴餐會了。因此，大公爵的計策可以說是徹底失敗！

白貓走在綠色的舒適庭院，一邊回想剛才發生的連串事情。就在伯爵夫人和艾莎夫人準備出行赴會時，他身體不受控制地做出一系列令人引以為恥的事。他居然用尖利的爪子抓破伯爵夫人的華貴衣裳，弄掉艾莎夫人的占卜工具提包，還發狂般到衣帽間將所有衣物破壞，他……他真是無臉見人！

「唉！為什麼我會這麼不受控制？為什麼我會做出這麼羞恥的事？難道是因為我是關鍵動物？」

白貓不能理解自己剛才的行為，不過他倒是知道，自己既然是這本立體書的關鍵動物，應該是具有某些特殊的力量。

「到底是什麼力量讓我做出這樣羞恥的事？」

白貓漫步走着，這時從矮樹叢後方突然跳出了幾個人，讓他驚得豎起全身毛髮！

待他看清，才發現原來是小希、俊樂及艾密斯團長。

「你們終於來了！」白貓叫道，但聽在小希他們耳裏，就只是幾聲貓叫。

「白貓！你知道我們找得你好辛苦嗎？怎麼一聲不響就走進立體書世界？」俊樂抓了抓頭，問道。

白貓又發出幾聲貓鳴。

「不行！現在沒有iPad，我們沒辦法跟他溝通。對了，白貓，iPad呢？」小希問。

白貓嗷嗷叫地述說iPad被大公爵丟進河裏的事，但大家當然無法知道他說了什麼。

「一定是把iPad弄丟了。」艾密斯團長說。

「那怎麼辦？要怎麼跟白貓溝通？」小希懊惱地問。

當大夥兒在那兒想着該怎麼跟白貓溝通時，俊樂突然打了個響指！

「怎麼了？」小希問。

「我不是跟你說我爸從國外帶回一件高科技產品嗎？就是這個！」俊樂說着興奮地從背包內取出一個東西。那東西銀黑色，呈長方體，扁扁的一小塊，只有約三厘米長。俊樂啟動電源，長方體發出炫目的

光，隨即又消失了。

「這是什麼？」艾密斯團長也禁不住好奇問道。

「這個啊，可厲害了！是我爸從國外帶回的高科技產品，據説是實驗室剛研發出來，還沒有流出市面——」

「夠了！重點。」小希簡短地催促他。

「OK。簡單來説，這是個思想傳出儀。」

「思想傳出儀？」

「就是只要將這個儀器裝在一個人身上，他在想什麼，儀器也能讀取他腦電波震動的波紋，轉化成語音。」

小希嘴巴張成O型，她突然想到什麼，道：「我記得物理學家史蒂芬·霍金失去説話能力時，也是通過他輪椅上的電腦溝通儀器發出聲音與人溝通的！」

「是嗎？這我不清楚，不過爸爸有跟我説，有了這個，就算閉着嘴巴不説話，也能把所想的事情透過這儀器統統説出來！」

小希盯着眼前的小小長方體，驚歎不已：「想不到你爸爸竟然買了個這麼神奇的東西回來！這比霍金的電腦溝通儀器厲害多了！」

「嘿嘿，是啊！爸爸最好了！」俊樂説着，邊將這小長方體套在白貓頭上，「看！這有個彈性繩索，只要把這個裝在白貓身上，他就可以無時無刻跟我們溝通——」

「討厭的東西，快拿走！」

俊樂還未説完，長方體的喇叭孔就發出聲來，大夥兒都愣住了！

連白貓也楞在那兒，但也就呆楞了那麼一會兒，那長方體又傳出：「我什麼都沒説！」

小希這時慎重地對白貓說：「你沒説，但你想的，都會透過這儀器『説』出來！」

「不，不！太恐怖了！我絕對不要這種沒有隱私的玩意！快給我拿掉！」

白貓扭轉着身子，拚命想甩脫那高科技裝置。但他越扭動，套在他身上的繩子就捆得越緊！

「這算什麼啊！孫悟空的金剛箍？為什麼甩不開？」

那儀器又發出聲來，白貓快抓狂了，他發出尖鋭的嗷叫，與此同時，「思想傳出儀」也說出：「快拿掉！快給我拿掉！啊——我快瘋了！我不要這爛東西！快拿掉啊！@#￥@#￥&……」

那儀器發出許多不堪入耳的髒話，小希趕緊說：「俊樂，快把它拿下來！」

俊樂忙不迭抓着白貓，將那繩索用力撐開，取了下來。

終於，大家耳根清淨了，白貓也累得趴在地上直

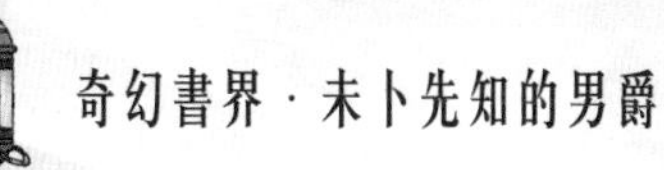

喘氣。

艾密斯團長這時過來說：「關於這儀器要不要給白貓戴在身上，還是等回去再說吧！時空縫隙快關了哦！」

於是乎，大夥兒跟着艾密斯團長來到宮邸外的小樹林，在一株大樹前跳進那若隱若現的旋渦。

8 令人憤怒的「思想傳出儀」

這天晚上，小希跟白貓一直就「思想傳出儀」這件事爭執不休。

「你不戴這個要怎麼跟我們溝通？」

「你說什麼我們完全聽不懂，這樣不是很麻煩嗎？」

「它可以幫助你表達自己的想法跟意見！」

「其他跟執行任務無關的事我們都不聽，這樣可以了吧？」

「只有執行任務的時候才戴，OK？」

「執行任務的時候不戴，我們怎麼配合你？」

「一做完任務馬上拆掉！」

「啊！我想到了！戴上時你就放空腦袋，讓自己什麼都不要想，不就行了？」

小希想盡各種說法，但白貓怎麼都不答應，還將那「思想傳出儀」拋去門邊。

最後小希放棄了，洩氣地在書桌前坐下，雙手托腮，道：「明知道你是怎麼都不會把我的話聽進去，還跟你說這麼多，唉！我真傻！」

白貓聽了也不理會，仰高着頭走出小希房間，路過那剛才被他咬到門邊的「思想傳出儀」時還特意踩一腳，把它踢了開去。

「思想傳出儀」落到小希腳邊，小希悻悻然把它拿起來，自語道：「俊樂啊俊樂，只好辜負你這高科技玩意了！明天啊，我們要趕緊跟朋友借個平板電腦，再去買個藍牙……」

小希驟然噤聲，白貓回頭瞄一下，發現小希盯着那銀黑色的長方體，兩眼睜得老大！

「白貓！你快過來！」小希急急地喚道。

白貓無可奈何，走了回去。

「你看，你看！這裏有個按鈕！」小希邊説邊遞上那長方體到白貓跟前。

白貓懶洋洋地撇了一眼，毫無興致地「喵」了一聲，又轉過頭走開去。

小希急忙跑前去，擋住白貓的去路，慎重地説：「這是可以調控聲量的按鍵！」

白貓還是沒有反應，小希忙解釋道：「可以調控聲量，那就是説，你想給人家聽的話就調大聲，不想給人聽見的話或想法，就調整成很小聲或靜音！」

白貓那雙犀利的藍色眼睛終於有了反應，他仔細查看小希手中的「思想傳出儀」，發現長方體的其中一個面有個凸起來的按鍵。

「看！這裏有大小聲標識。只要壓這按鍵，就能調整聲音。向左變小聲，向右就變大聲。」小希說着，將思想傳出儀套在頭上，這時她嘴巴沒動，思想傳出儀就發出聲音：「有了這個調節聲音的裝置，你內心罵人的話統統不用怕被人聽見了！」

隨着小希按壓那按鍵，傳出儀的話時而大聲時而小聲。

「你霸道的想法也不會被我聽見。」這句話小希調得特別小聲，但白貓還是聽見了。他指指傳出儀，意為讓他套上。

小希忙給白貓戴好，這時傳出儀立刻傳出非常大聲的吼叫：「我霸道是應該的！誰叫你是我孩子！」

「你！」小希憤怒地瞪白貓，白貓喵了一聲，傳出儀說出：「這是不可改變的事實！你永遠是我女兒，我永遠是你爸爸！」

「為什麼女兒一定要聽霸道爸爸的話？你就不能聽聽我的話？」

白貓晃晃頭說：「這是自古以來的定律，人類與生俱來的三綱五常！」

小希受不了這霸道白貓，立即過去想將傳出儀脫下，但白貓這回竟不肯除下，他跳去小希的書桌；小希趕過去，他又跳去櫥櫃上方；小希爬上椅子差點夠着他時，白貓又跳下來。如此這般，一人一貓在房

裏追逐不停。到小希停下來時，房間已經亂得不成樣子。

「我們休戰吧！今天我不戴就是，不過明天早上你一定要給我戴上。」

小希瞪着白貓，無可奈何地點點頭。

兩人就這樣相安無事地度過和平的一晚。

隔天，白貓早早就讓小希給他戴起思想傳出儀。

他現在對這儀器可喜歡啦！想吩咐小希做事時只要想一想就能發出聲音，不用像之前那樣辛苦地用「貓掌」在軟墊鍵盤上輸入文字，多麼輕鬆啊！而想罵人或想一些不想讓人聽到的事時，只需用前肢按一下戴於頸項上的傳出儀按鍵，就能調小音量，這儀器簡直太方便、太神奇了！

白貓在家裏候着小希放學時，在小希房裏「説」了好多好多話，好像要彌補之前無法説話的遺憾，把一輩子要説的話都説出來！

他確實太久沒有説過「人話」了啊！

他就這般自説自話，説個不停，轉眼間已來到小希放學的時間。

這回沒有奧狄的易容詭計，也沒有亞肯德大公爵和伊諾的阻撓，白貓很順利地等到小希和俊樂回到家中。然後依照牛皮紙上的指示，在酉時未到便來到了立體書世界。

「我們現在就去史蒂夫的家找他，帶他去地下街！」小希對俊樂和白貓說。

「你知道史蒂夫的家在哪裏嗎？」白貓透過傳出儀說。

「艾密斯團長不是說在丁香公寓嗎？」

「我知道是丁香公寓，問題是丁香公寓在哪裏？」傳出儀的聲音顯得極不耐煩。

「我們有嘴巴，可以去問人啊！」

「問人？萬一這裏的人給我們亂指路呢？真是沒效率。」這一回，傳出儀的聲音顯得很毛躁。

「那你說該怎麼做？你最厲害，你做決定吧！」小希賭氣地說。

「唉！去買份地圖不就行了？」

「地圖？嘿，立體書世界的這個時代有地圖？」

「你怎麼知道沒有？」

小希無法確定，只好說：「好，去哪裏買？」

「還用問？當然在商店街啊！」

小希呵口氣，跟白貓一起執行任務，還真是累人啊！

「喂！還不快去買？」白貓不耐煩地說。

「好，好！現在就去買！」小希正要走前，突然又停下，「錢呢？沒錢怎麼買？」

白貓指了指小希的背包前方，道：「我昨天在伯

爵夫人的衣帽間取到一枚小戒指，應該值不少錢。」

「你！」小希不可置信地皺着眉頭，質問道：「你居然偷竊？」

「什麼偷竊這麼難聽？我可是拯救了伯爵夫人，難道拿回一點點報酬都不能？」

小希不禁翻了幾個白眼，萬萬想不到霸道古板的白貓會「順手牽羊」。

「快！馬上去買！」白貓這時又催促道。

小希氣沖沖地拿過戒指走向前去。

一直在旁聽着兩人對話的俊樂，對於傳出儀感到越發讚歎，忍不住說：「想不到這傳出儀連白貓的心情語氣也能很好的表達出來！不愧是最先進的科技產品啊！」

他們來到商店街，小希還沒仔細看哪間商店，白貓已發出指示：「就在前面，外面擺着明信片的旋轉櫃，售賣這些商品的地方一定有地圖！」

小希心有不甘地朝着白貓所指的商店走進去，不一會兒，果然買到一份充滿中古世紀氣息的牛皮地圖，商店老闆還喜滋滋地找了些這世界的錢幣給她。

「看吧！我說得沒錯，以後就聽我的！」白貓又是一副指揮官的語氣。小希不搭腔，倒是俊樂非常配合地回道：「是，是！全部聽你的！」

如此這般，他們順利地沿着古老牛皮地圖的指示，來到了「丁香公寓」。

丁香公寓是一棟四層樓式樣的古典建築，公寓屋如其名，古色古香又充滿貴氣。根據這兒的守門員所說，這公寓的住客非富即貴，是普通市民無法入住的地方。

「奇怪，根據立體書所寫，艾莎夫人屬於普羅族人，是飽受唾棄和鄙視的族羣，而且一直生活在這世界的底層。她怎麼能住進這麼『貴氣』的公寓？」

小希看着雕着精美紋飾的建築，公寓樓下閒適舒服的華美庭院，忍不住發出疑問。

「還用說，肯定是利用占卜術攀上了某些權貴，才有機會搬到這裏。」白貓說。

「你這樣說分明有種族歧視！」

「這不是我說不說的問題，而是這裏的人本來就有種族歧視，我只是說出現實情況！」白貓理直氣壯地說。

「不管了，總之上去看看吧！」俊樂說着，率先走前去。

根據艾密斯團長給予的線索，史蒂夫住在這棟公寓的最高層。他們沿着旋轉式雕花鏤空樓梯走上去，小希和俊樂邊走邊讚歎地左顧右盼，來到最高層時探頭往下看去，看到樓底那氣派十足的中庭。

「哇！好像電影中的場景！能住進這樣的公寓

實在太幸福了！好想住在這裏啊，一天也好。對不對？」俊樂豔羨不已地說。

「外表光鮮有什麼用？真是膚淺！住一天也不表示你的身分提高上來了。」白貓說着，頭仰得老高，一副趾高氣揚的模樣。

俊樂被說得滿臉通紅，羞愧地低下頭。

「俊樂你別在意，他說話本來就一副道貌岸然的樣子，好像別人都不對只有他對。」

「你這是在說爸爸壞話嗎？」白貓不悅地斜睨小希。

「我只是說出現實情況！」小希學着白貓之前的說法，快步越過白貓，走到這層樓的最後一扇門。

「到了，這間就是七號。」小希指着一道畫上神秘符號的門說。

白貓走過去，說：「不愧是占卜師，連家門都畫滿符咒。」

「啊？這些是符咒？我們進去的話會不會被下咒啊？」俊樂擔憂地問。

「別瞎猜，占卜師又不是巫婆，下什麼咒？」小希說着，扯了一下一旁的拉鈴杆。接着，屋內傳來悅耳的叮鈴聲。

「叮鈴！叮鈴！」

小希又拉動了幾次門鈴，但屋裏靜悄悄的，沒有

任何聲響。

「難道史蒂夫不在家？」俊樂問。

這時白貓頂了頂大門，嘎吱一聲，門竟然應聲而開！

「門沒鎖？」小希推門走了進去。

兩人一貓在屋裏走了個遍，沒見到半個人影。

「真的沒人在啊！」俊樂失望極了，「還以為可以見到帥帥的史蒂夫男爵呢！」

「你堂堂男孩子也喜歡看帥哥？」白貓一副鄙視的眼神。

「我……我是幫小希說的啦！」

小希斜睨俊樂一眼，俊樂趕緊走去陽台，道：「呵！這陽台的半圓形鐵窗花好別致——啊！」

俊樂怪叫一聲，小希和白貓連忙衝去陽台。

陽台邊有盆相當高大的灌木盆栽，濃密的葉子在那兒抖動不已！

「這……這是怎麼回事？樹會動？這樹難道成精了？」俊樂驚得把手放進嘴裏。

小希皺着眉頭，慢慢走向灌木盆栽。

「史蒂夫？」小希喚道。

一名少年蜷縮着身體藏在盆栽後方，他靠在那兒哭泣，牽動了樹葉，看起來就像樹葉在發抖！

「不是吧？史蒂夫怎麼這麼小？他不是男爵

嗎？」俊樂挨近小希身畔問道。

「艾密斯團長不是說過了嗎？艾莎夫人一開始為貴族們占卜的時代，史蒂夫才不過十三、四歲啊！」小希低聲提醒這個老是善忘、少根筋又很容易被嚇着的朋友。

「原來如此！」俊樂趕緊向少年伸出手，正色道：「史蒂夫，你好！我們找你找得好辛苦啊，你知不知道？」

小希搖頭歎息，心想：這俊樂，我們不是很順利地找到這裏嗎？客套話也太誇張了。

史蒂夫這時停止了抽泣，他抬起頭，看了看俊樂，懦懦問道：「你們……為什麼找我？」

「先別說這個。你母親呢？為什麼只有你一個人在家？還有，你是在害怕什麼？為什麼躲在陽台哭？」

白貓走過來問了一連串問題。史蒂夫看到會發出聲音的白貓，嚇得馬上貼去牆角！

「別怕，這隻白貓其實是人類。」小希解釋道。

「白貓……中了咒語？」史蒂夫的好奇心被觸動了，一時忘了哭泣。

「可以這麼說吧！」

「你們到底是什麼？從哪裏來的？」史蒂夫眼神充滿恐懼地問道。

「別擔心，我們是來幫你的。我們是⋯⋯另一個世界的人類。」小希斟酌着說。

「另一個世界？」史蒂夫忐忑地走出來，問道：「什麼樣的世界？」

俊樂這時馬上插嘴說：「另一個世界的美食可多了！有機會你一定要去我們的世界瞧瞧！」

「別打岔！快說！為什麼只有你一個人在家？你母親呢！」白貓不耐煩地追問史蒂夫。

一提到母親，史蒂夫馬上憂鬱起來，他低下頭，哀傷地說：「她被抓走了⋯⋯」

「被抓走？為什麼？伯爵夫人明明沒有去餐會，怎麼會抓她呢？」俊樂傻乎乎地問道。

史蒂夫娓娓道來事情經過，原來才過了一晚，這兒已經發生天翻地覆的變化。

伯爵夫人雖然沒有赴會，僥倖逃過一劫，但若非白貓搗亂，她勢必與其他與會者一樣難逃食物中毒的命運。

這次的食物中毒非比尋常，屬於少見貝類的重金屬中毒。中毒者不單又吐又瀉，還產生幻覺，情況非常危急，有幾名國外使者甚至進入昏厥狀態。看到他們的慘狀，伯爵夫人心有餘悸，畢竟她差點兒就因為艾莎夫人的占卜而參與了這場劇毒餐會！

伯爵知道後氣憤難當，下令緝捕艾莎夫人，準備予以嚴厲懲罰。

艾莎夫人難辭其咎，唯有束手就擒。年少的史蒂夫見母親突然被一羣人衝到家裏逮捕，心裏害怕極了，不知該怎麼辦。

母親被逮捕前讓他躲在陽台盆栽後方不准出來，因此他就這麼躲着，既害怕又擔憂，後來就無助地哭了起來。

他從小與母親相依為命，一直以來都沒有朋友和其他親人。現在母親被抓走了，他完全束手無策，不知道該怎麼做。

白貓看到史蒂夫這模樣，內心突然被觸動一下。他腦海浮現一些往事，心中甚為不快，這時喇叭馬上發出聲音說：「母親被捕了就哭，真是沒用！」

小希趕緊讓白貓將喇叭轉小聲，白貓鼻子噴了口氣，舉起前爪拍了按鍵左側兩次，繼續發出連串貓叫。雖然大夥兒聽不懂白貓說什麼，但可以想像都是些責備史蒂夫的話語。

「我……我是沒用……」史蒂夫哭鼻子說着，將臉部埋進膝蓋。

「不，你有很大用處。」小希說。

「什麼用處？」

「你不是會占卜嗎？」

史蒂夫猶豫一下，點點頭。自五歲那年開始，他

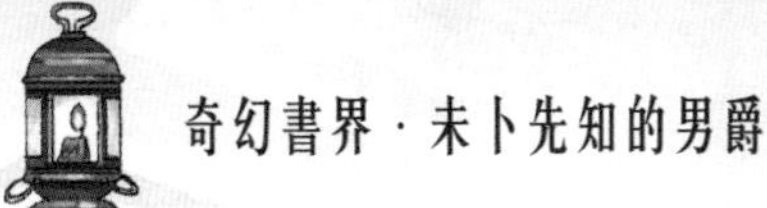

就每天往來於下水道中的密室與家中，勤勤懇懇地學習了占卜術許多年。母親還誇他是天生的占卜師，擁有過人的記憶力與領悟力。

「那就是了，現在正是發揮你那占卜能力的時候！」

史蒂夫雙眸睜大，感到一股前所未有的悸動。他老早就想試試自己的占卜能力了！

9 地下街的「怪物」

小希與史蒂夫一行人來到掛着「歡迎來到地下街」牌子的地方時，時間正好是申時。

「嘿！還好趕得及，我們沒有辜負艾密斯團長的交代，申時帶史蒂夫來地下街！」俊樂得意地說。

「別那麼高興，待會兒你就會哭了！」白貓馬上潑他冷水，並張牙舞爪地說：「吃人怪物馬上要出來了！」

俊樂嚇得抖了一抖，驚慌地躲在小希身後。

「別嚇唬俊樂，」小希沉下臉，問：「現在要怎麼做？」

「當然是請史蒂夫占卜！」白貓望向史蒂夫。

於是史蒂夫從一個手提包內取出占卜用具，史蒂夫說，這一次的占卜方式是紙圖先知。他取出一張畫了些不明圖案的砂紙，然後往其上撒了些幼細的白沙。這些細沙不知為何似會走動，但那速度奇快，在小希他們還未看清楚怎麼走動時，細沙已呈現出奇特的紋路。

「好神奇！到底是細沙會走還是那砂紙會指引細

沙移動呢？」俊樂驚歎地問道。

史蒂夫沒有理會俊樂的提問，他仔細觀察砂紙，然後說：「我們必須先進入地下街，遇到一個有緣者，那有緣者會帶領我們到該去的地方。」

「不是吧？這細沙告訴你這麼多訊息？你到底是怎麼知道的？」白貓似乎不能信任年紀輕輕的史蒂夫。

「我無法告訴你們，這是普羅族人的天賦及機密。」史蒂夫輕鬆地帶過。

史蒂夫這時又說：「地下街是龍蛇混雜的地區，一般人不輕易來這裏，除非要買一些特殊用品。」

「什麼特殊用品？」小希好奇地問。

「比如有些人迷信吃龍的鱗甲可以美容養顏，龍鱗在市面上找不到，因為龍所居住的地方屬於禁區。但人們為了錢財，什麼事都敢做。因此地下街的非法捕獵者進入禁區，尋找龍掉落在地上的鱗甲，再拿回這裏售賣。」

「龍？」俊樂驚訝不已，趕緊問：「這世界真的有龍？」

「有的。在我們城市最高權力中心的象徵——萬龍塔，上面就雕着許多活靈活現的龍。不過，龍在我們這世界是屬於神聖而隱秘的生物，只有有緣之人才能見到牠們。」

「那麼龍長什麼模樣？」小希問。

「要知道就去萬龍塔看雕刻啊！他剛才不是說只有有緣之人才能見到嗎？他應該也沒見過龍吧！」白貓說。

「你說得對，我們許多人一輩子都沒見過龍。不過也有一些特殊情況，比如我聽母親說，她小時候遇過一次羣龍在天上飛舞的情況。那一次，所有人都看見了龍。」

「哇！太壯觀了！羣龍飛舞！那簡直就是……就是……哎呀，就是神話故事才有的景觀啊！」俊樂豔羨不已，多希望自己能見到那奇景呢！

「關於龍的傳説很多，有人說牠們是上天的使者，是來保護世界的神聖生物。也許，牠們真的是神仙吧！」史蒂夫說着，朝熱鬧的市集走去。

「這裏是地下街的入口，地下街入口是市集，再往裏面走，有地下娛樂街、地下住宅區、地下醫院等等。」

小希、俊樂及白貓望着眼前這琳琅滿目的市集，睜得大大的眼睛不停溜轉。這兒售賣的東西既稀有又新奇，有精緻皮具用品鋪、稀有而華麗的水晶製品檔、各類羽毛帽子商店、特殊的香薰商品……當然還有史蒂夫所說的鱗甲及稀有動物產品專賣店。

總之，這兒的商品絕對是僅此一家，絕無分號。

大夥兒的眼睛根本沒有歇息的機會。

突然，史蒂夫停在一個檔口前，買了幾個饅頭，對他們道：「你們也餓了吧，吃點黑饅頭充飢。」

「黑饅頭？」俊樂說着靠向前去，看到整個檔口鋪滿黑色圓形物，他用鼻子聞了聞，道：「嗯——好香！到底是什麼餡料呢？」

俊樂接過史蒂夫遞來的黑饅頭，一口咬下，馬上以誇張無比的表情說：「太好吃了！黑黑的外皮鬆軟又有勁道，有着豆類的芬芳，內餡鹹甜混雜，有醃肉乾的香，馬鈴薯般的綿密口感，又有豆沙的清甜，絕配！絕配啊！」

小希不禁搖頭，說：「你不去當美食家真是太浪費了！」

白貓也跟着吃了一個黑饅頭，他只挑內餡吃，外皮對現在的他來說不太吃得慣。

史蒂夫歉疚地說：「對不起，我沒有多少錢，現在只能請你們吃這些便宜的食物。」

小希猛然想到什麼，從口袋取出這世界的錢幣，遞給史蒂夫，道：「這些都給你。我們不屬於這世界，帶回去也沒用。」

「不，我不能要你們的錢。」史蒂夫晃晃頭拒絕她。

「這些錢對我們沒用處，反正我們待會兒就離開了。」

史蒂夫還是固執地搖頭，堅持不肯收下。

「史蒂夫，你就收下吧！艾密斯團長說過，我們不能帶走立體書世界的任何東西。」說到這兒俊樂停頓下來，他指着白貓，質問道：「不對啊！白貓不是取走了伯爵夫人的戒指嗎？那可是立體書世界的物品，怎麼可以帶回我們的世界呢？」

白貓發出一串奇怪的氣聲，傳出儀的喇叭隨即傳出：「這樣你也信？哈哈，你們真是最好騙的小孩！」

「什麼？」俊樂瞪大了眼，驚呼：「艾密斯團長竟然欺騙我們？立體書世界的東西並非不可以帶回去？他為什麼要這樣騙我們啊？呵，氣死人了！上一回在迷都十九區，我可是有好多喜歡的玩意想帶回去收藏呢！」

俊樂嘀嘀咕咕地埋怨不停，接着，他似發現新大陸般說：「啊！這次我一定要帶回新奇、絕沒僅有的東西——」

「是絕無僅有！」小希更正他道。

「對！就是絕無僅有！我要讓大家都羨慕我、妒忌我，哈哈哈！」

白貓沒眼看，道：「小屁孩就是小屁孩，這些都是身外物，有什麼好炫耀？」

「你不懂的啦！我——」

俊樂突然噤聲，他被眼前的東西吸引住，嘴張得老大，看呆了眼。

大夥兒看過去，眼前是一隻被鐵鏈鎖着的「怪物」！

「怪物」攤在地上，一副死氣沉沉的樣子。牠全身灰黑，毛髮蓬鬆，看不清有沒有腿，只是從凌亂毛髮中發出的一丁點兒光芒，確定那兒藏着一對烏黑的眼珠子。

怪物匍匐在某個檔口旁側，不少路過的人都避開牠繞路而行。

「這是什麼檔口？賣什麼？」俊樂轉向檔口內注視上方的招牌，想探個究竟，誰知這時檔口主人走了過來，用手上的鐵棍朝那「怪物」一棍揮下，俊樂驚得彈開好幾步。怪物因為疼痛發出混沌的嚎叫，令人垂憐不已。

「早知道就不留你這畜牲！毫無用處，你母親失蹤前還能幫我做點事，而你呢？你會什麼？就只會攤在這裏一動不動！哼！沒用的畜牲！」

檔口主人忿忿地怒罵發洩，俊樂傻愣地盯着他。他好像察覺到俊樂的目光，側過頭匆匆一瞥。俊樂雖然害怕，但還是忍不住指着那怪物問道：「請問牠……是什麼？」

檔口主人撇撇嘴，道：「牠是疾龍，是一種最沒用的龍！」

「呵？牠是『龍』？龍不是神聖的生物，不隨便讓人看見的嗎？」

「都說了牠是疾龍！不是龍！」檔口主人不耐煩地說。

「哦，好，好。疾龍……你為什麼要打牠？」

檔口主人沒好氣地說：「怎麼？你想幫牠？」

俊樂猶豫着，咕嘟一聲咽下口水，道：「是。」

「好吧，就賣給你。反正留下來也沒用，牠根本不會做事，只會消耗我的錢！」檔口主人這時眼角飄去俊樂身上，打量他，試探着：「你有錢？」

「我……」俊樂望向小希，小希呵口氣，將手上的錢幣遞給檔口主人，問：「這些夠嗎？」

檔口主人看到那麼多錢幣，雙目發光，忙不迭接過，說：「當然不夠！不過，看你們這麼喜歡，就當打折給你們好了！」

說着檔口主人替那「疾龍」把鐵鏈除下，喝道：「快走吧！沒用的東西！」

於是俊樂過去把疾龍拉起來，疾龍懶洋洋地撐起身體，好不容易站了起來，但又顛顛巍巍地倒下去。

「看吧！牠就是該抓去屠宰場宰了吃掉！什麼都不會做的沒用東西！連走路也不會！」

「夠了！一直說人家沒用，你又多有用？」小希終於忍不住發飆了。

「這……牠明明就是沒用——」

小希兩眼瞪着檔口主人，檔口主人識趣地走開。他可不想得罪付給他錢幣的金主啊！

「等一下！」小希喚住那主人。

「怎麼了？貨物過手，不能反悔哦！」

檔口主人似乎以為小希想取回錢幣，放棄買賣，但小希走上前說：「放心，我不會拿回錢，只是跟你多要一件東西。」

「什麼東西？」

小希指了指檔口後方的手推車。

「唉！好吧！算我倒了八輩子的楣，沒有手推車你們怕是帶不走牠。」

於是，小希一夥帶上一隻這世界的奇怪生物——疾龍，繼續往前走。

「我們還要走多久？到底這次的任務是什麼？」白貓不耐地問道。

「艾密斯團長說了，這次的任務必須由史蒂夫自己找出來。畢竟這攸關他的未來，他必須自己面對。」

「什麼？他自己找出來？這樣的話你們也信？」白貓不可置信地吐了口氣。

「你沒有跟我們一起執行過任務，不太瞭解艾密斯團長。他雖然說話很神秘，但說的話都有他的道理。」

白貓揶揄地努努嘴抱怨：「他的話就信到十足，我的話就講東講西，超級多意見……」

「我聽到了哦！」

「我就是特意讓你聽到的啊！哼！」

史蒂夫看着這對歡喜冤家，感到不解，俊樂在一旁忙解釋道：「他們倆本來是父女，不過這父親特別喜歡管女兒，所以兩人一直以來都相處不好。」

「哦……」史蒂夫若有所思地點點頭。

「對了，這龍你見過嗎？牠到底是什麼？」俊樂詢問道。

史蒂夫瞄了瞄手推車內的疾龍，說：「疾龍是龍族最馴良的一族，常被人類奴役，幫忙做一些粗重的工作。」

「那為什麼剛才那些路人經過牠身邊的時候都繞開去？牠不是很馴良嗎？」

「疾龍雖然馴良，但曾有攻擊人類的記錄。除了牠主人外，其他人還是必須防備一點兒。」史蒂夫仔細地觀察面前的疾龍，說：「這頭疾龍大概受過創傷，不然這麼年幼的疾龍，一般不會這麼不聽話。」

「哦……受過傷……」俊樂對這「厭世」模樣的

疾龍起了憐憫之心，他伸出手，在疾龍身上摸了摸。疾龍抖了抖，似乎被俊樂的舉動嚇着。俊樂笑眯眯地說：「別害怕，我不會傷害你。你願意跟我做朋友嗎？」

說着，俊樂的手提高了些，史蒂夫這時大喊道：「不可以！」

俊樂望向史蒂夫，手掌卻已觸碰到疾龍的頭——

疾龍瞬間跳起來，「咻」一聲從車內躍去前方道路。牠張大嘴吼叫着，嚇得行人四處逃竄，有人喊道：「疾龍攻擊人類了！疾龍又攻擊人類了！」

疾龍被人們的叫喊聲激怒，再次亂蹦亂撞，踩傷了附近的路人，更推倒了許多檔口！

俊樂呆看着眼前的一切，問道：「為什麼不可以摸疾龍的頭……」

「如你所見，疾龍最不能被人觸碰的部位就是頭部。」

「你為什麼不早說？」

「我說的時候你已經碰下去了，現在說這些也沒用，得快點安撫牠！不然造成太大破壞，地下街委員會的人會殺死牠的！」

「地下街委員會？」

史蒂夫沒有回答，只喊道：「你們去前面攔住牠，疾龍喜歡吃水果，快拿一些引開牠的注意力！」

史蒂夫指揮着大夥兒分頭行事，大家七手八腳地忙着追趕疾龍。但疾龍速度太快了，他們根本跟不上牠。

追了好一會兒，大夥兒都累得動不了，就連身手敏捷的白貓也停下來喘息。小希擺擺手，説：「算了！讓牠走吧！反正我們不可能帶牠回家，讓牠自由吧！」

小希才説完，只見在前方的疾龍突然停下來。牠看着地攤擺放的粉紅火龍果狀果子，用牠那短小的前肢取了一個放進偌大的嘴裏。疾龍迷濛的雙目驟然睜大，似乎沒吃過這果子。牠愣了一下，竟然坐在那兒大啖一番。

俊樂見機不可失，趕緊揮揮手，示意從不同方向包圍牠。

史蒂夫取出一張細柔的網，他和俊樂兩人各拉一邊，小希和白貓則負責引疾龍趨近細網的方向……

「就是現在！」白貓喊道，史蒂夫和俊樂馬上圍攏向疾龍，正在美美地吃着果子的疾龍驚慌不已，看着細網當頭套下來！

俊樂緊緊地揣着細網封口，他望向夥伴們，大家都跟他一樣嘴角上彎，鬆了一口大氣，誰知事情並沒有因此而結束——

疾龍大聲吼叫着推擠細網，奈何牠無法掙脱如此

細柔的網。充斥着憤怒與惶恐的牠使盡渾身力氣扭動，大夥兒瞬間被牠甩開，跌坐於地上。唯獨俊樂緊緊抓住封口，任疾龍怎麼甩都不放開手。

「俊樂！放手！快放手！」小希在一旁着急嚷道。

俊樂拚命搖頭，倔強地說：「不！我不放！我死也不放！」

這一人一龍僵持不下，當疾龍停下時，俊樂執拗地盯着牠，喊道：「我不會傷害你！我現在就放開你！」

俊樂正要放開封口，疾龍卻突然竄了開去！

來不及鬆開手的俊樂，就這般被疾龍拖拉着急速往前方衝去……

10 破敗醫院的稀有病人

俊樂此刻懼怕得已經不曉得分辨自己身在何處，他快速奔走着，手上卻依舊緊緊捏着網子的封口。

「我是不會放開的！」

俊樂從來沒有如此執着，一向樂天愛玩的他很少對事情認真的思索，但此刻不知為何，他就是不肯放手。大概是他隱隱知道只要放掉牠，牠的命運一定難逃被人奴役或宰殺。

俊樂一直緊揣着網子，任由疾龍把他帶往地下街深處。

等到他意識過來，他已身處一個幽暗之地。

那裏看不見陽光，陰暗而潮濕，建築物上斑駁不堪，長滿各種不知名的苔蘚。

空氣中漂浮着一股難聞的味道——「是因為潮濕及苔蘚嗎？」俊樂心想，站了起來。

牠，正在前方的角落匍匐着，就像一開始看到牠時那樣。

俊樂放開了網子，將圍繞疾龍身上的網都扯開去。

疾龍睜開眼，這是俊樂第一次和疾龍如此近距離對視。他發現疾龍的眼神原來如此靈動而清澈，像個孩子一樣天真無邪。

俊樂自然而然地伸出了手，道：「我們可以做朋友嗎？」

疾龍細小而烏溜溜的眼珠子轉了轉，似乎感受到俊樂的誠意，慢慢地踏步過來。當走到俊樂跟前時，牠突然張開那扁平的大嘴，「咿」的一聲，拉了好長的尾音，然後將前肢放在俊樂伸出來的手掌上。

俊樂差點撐不住，趕緊伸出另一隻手扶起疾龍的前肢，咧嘴而笑。

「我是俊樂，你呢？」

疾龍嗚嗚叫了兩聲，張開嘴說：「哞——」

「你叫木？」

疾龍竟然聽懂俊樂的話，點了點頭。

俊樂高興地重複叫道：「阿木！阿木！」

「阿木」低下頭來，舔了俊樂一臉口水。俊樂連忙擦去口水，一臉尷尬地說：「不要舔我，我不是食物，你也不是狗。」

阿木似乎感應到俊樂的意思，停止了舔他的動作。

「你是不是遇到什麼傷心的事？」

阿木發出悲傷的一聲嗷叫。

俊樂深深感受到阿木的悲愴，也跟着感傷起來。

「沒關係，有什麼不開心的事，說出來就沒事了。」俊樂説着，看進阿木的眼底。

阿木又發出一聲嗷叫，被俊樂這麼一瞅，牠似乎沒那麼悲傷了。

俊樂往四周查看，問道：「這裏是哪裏？」

阿木似乎也不知道，牠打量着周圍，突然警覺地豎起了毛髮。

「怎麼了？」俊樂也跟着緊張起來。

俊樂側耳傾聽，這靜謐陰暗的空間好像什麼聲音都沒有，又好像充滿了各種令人不安的聲音。

「有水滴聲？哪裏漏水了？」俊樂走過去前方查看，不一會兒，他又聽見幽幽的腳步聲，趕緊趴在地上，說：「有人來了？」

腳步聲越來越近，俊樂整個人僵直了似的，然後趕緊跑去依偎在阿木身邊。

不一會兒，腳步聲清晰起來，可以聽得出腳步聲很凌亂，是跑着過來的。

俊樂望着腳步聲傳來的方向，那是個深不見底的通道。通道傳出雜音，像是有人在説話。他緊張地盯着通道口，這時有人跑了出來，朝他喊道：「俊樂！」

那是小希、史蒂夫和白貓！

俊樂高興地衝過去，小希拉着他，說：「你沒事吧？有沒有受傷？」

俊樂晃晃頭，眼淚都快奪眶而出。

「我就說沒事的嘛！」白貓身上的喇叭傳出一股慵懶的聲音。

「沒事就好。俊樂！史蒂夫說的有緣人原來就是牠！」小希說。

「阿木？阿木是有緣人？」

「你幫牠取了名字？」

俊樂頷首，並咧開嘴暖暖地說：「阿木現在是我的朋友。」

小希望向俊樂身後那龐大身軀的毛茸茸生物，感歎道：「俊樂，我發現你似乎跟動物很有緣哦！」

「我也這樣覺得！阿木還能跟我溝通呢！」俊樂喜滋滋地說，「看來曾經是失物之靈*的我，不單跟動物特別有緣，還有一種……呃……怎麼說呢？心理感應！能和動物溝通的感覺！」

「你是說心靈感應吧？」小希馬上更正俊樂。

「對，對，是心靈感應。我說什麼，阿木都能明白；牠想什麼，我也能懂。」

俊樂在《奇幻書界》第一集時變身為黑狗，成為失物之靈。

「既然如此，待會兒可能要請你跟牠溝通了。」史蒂夫說着，掏出了占卜工具，「這裏應該會有下一步的指示……」

只見史蒂夫翻開一本厚厚的書，看了幾眼，又再翻到後面的頁數。最後，他停在一幅畫風詭異的圖畫上。

「根據書上的指示，我們即將面對一個很兇險的對手，而對手手上有我們想要的東西。」

小希他們湊過來，看看史蒂夫打開的書頁。那是幅滿臉鬍渣的犯人被困在牢獄的畫，圖中犯人體形奇大無比，兩眼凸出，面相恐怖，他手上還拿着一個血淋淋的心臟。

「哇！好可怕！這是什麼？心臟？他吃人的心臟？」俊樂嚇得手放嘴巴，怪叫起來，「艾密斯團長說過這兒有吃人怪物，看來是真的！」

「史蒂夫，我們真的要面對這樣可怕的人？」白貓問。

史蒂夫皺了皺眉，閉上眼沉思一會兒，然後說：「我只知道，只有他可以給我們需要的東西。」

「不入虎穴，焉得虎子，是這樣的意思吧？」白貓說。

史蒂夫點點頭，這時，眾人同時聽見了鐵鏈晃動的聲音！

「媽呀！真的有吃人犯！」俊樂驚得躲在阿木身旁。

「俊樂你別瞎說，占卜書畫的只是寓意，不一定真的是犯人。你說是嗎，史蒂夫？」小希詢問史蒂夫。

史蒂夫點點頭，說：「是，占卜通常不是確定的提示，而是隱藏的暗示，就看我們怎麼去解讀。」

「唉！神也是你，鬼也是你，你愛怎麼說都可以的意思，對吧？」傳出儀顯示出不屑的語氣。

「呵呵，可以這麼說。不過，你選擇相信我，不是嗎？」史蒂夫神色堅定地看着白貓。

白貓被史蒂夫的氣場震懾了。

就一名占卜師而言，史蒂夫雖然年紀尚輕，但無疑是頗具說服力的。

白貓眼角飄去一邊，傳出儀傳出細小的聲響，小希撲哧偷笑，她知道白貓大概是妒忌史蒂夫卻又不得不相信他，所以發出許多不想讓人聽到的怨言吧！

「那我們現在要怎麼做？」俊樂怯怯地從阿木濃密的毛髮中探出頭來問道。

「走吧！」史蒂夫收起占卜書，「去找這個人。」

俊樂一臉驚恐地跟在大夥兒後方，阿木蹭了蹭他的手臂，俊樂這才稍稍安下心來。

他們一行三人兩動物，往傳來聲響的方向走去。他們經過一道布滿鐵銹的門，門外是道同樣陰暗的迴廊。再向前走，來到一個像是醫院登記處的空間。那裏有個陳舊的木製櫃枱，上方還半吊着一個有道裂痕的掛牌，上面寫着「急症室」。

「急症？這裏原來是醫院啊！」小希說。

「嗯，我聽說地下街有一間特別的醫院，原來就是這裏。」史蒂夫說。

「怎麼特別？」白貓問。

「據說許多外面醫院不願意收的重症或怪病病人，都會轉移到這裏。」

眾人馬上顯得不安，神色疑懼地四處張望。

「那這裏豈不是充滿了病菌？」白貓露出鄙睨的神色。

「不，如果是這樣，為什麼會半個人都看不見？」小希摸着下巴質疑道。

「我也不知道，或許大家都待在病房？」史蒂夫猜測道。

「病人在病房，不可能護士和醫生也不在吧？除非……」俊樂全身都豎起了毛髮，不敢再說下去，心裏一直想着那可怕的吃人犯。

這時又傳來了鐵鏈聲，不過這回比之前兩次聽見的更大聲、更清晰！

「看來我們的目標不遠了。」史蒂夫說着，拎着手提包跑向寫着病房牌子的大樓內，大家趕緊尾隨他而去。

他們來到暗綠色的病房大樓，這兒較之前所到之

處更晦暗陰沉，不知是否暗綠色牆身及昏黃燈管營造出的氣氛，這裏的空氣異常沉重壓抑，彷彿充斥着一股死亡的氣息。

「我們……我們還是離開吧？這兒可能有吃人怪物啊！」俊樂拉了拉小希的袖子，吞吐地說。

「史蒂夫不是說書中提示是隱藏的嗎？別亂想！」小希安撫俊樂道。

眾人一步步小心翼翼地往前踏去，雖然他們盡量輕聲走路，但這靜謐的迴廊仍清楚地傳出他們的腳步聲。

每一步俊樂都走得心驚膽戰，他真的很怕下一步就會撞見吃人怪物，抑或怪物突然從某個角落竄到他們眼前……

他們來到連串的病房前方，鐵鏈聲陡然響得厲害，白貓說：「看來是從前面的病房傳出來的。」

「我們不是要進去那病房吧？」

俊樂害怕地問，但沒人回他。大夥兒警惕地慢慢朝那病房門口走去，就連阿木也豎起了雙耳，烏黑的眼珠子看起來嚴肅而凝重。

史蒂夫推了推綠色房門，門應聲往裏面開去……

門內，靜穆深沉。

在最裏邊靠牆的地方有一張病牀，牀邊有個小小的櫥櫃。除此之外，這兒什麼都沒有。哦不，牀上有個人！

牀上的人捂着被，因此一開始他們沒發現那兒有人躺着。

「呼！幸好沒有吃人怪物啊！」俊樂心有餘悸地說。

那人聽見俊樂的說話聲，慢慢掀開被單，兩隻眼睛在被單上方瞅着他們。

那雙目凹陷得厲害，兩眼無神，好像末期癌症病人般無精打采。

「你們是……」牀上的病人問，有氣無力的。

「我們是來找你的。」小希說着，走了過去。

走到病人身邊，小希這才看清了，病人被綁在病牀的鐵架上。

「找我？為什麼？」

病人掙扎着爬起身，鐵鏈聲又響起。原來這病人雙手雙腳都被鐵鏈綁着，小希本能地後退兩步。

「呵，別怕，我不會吃了你。」病人說着不像笑話的笑話。

「為什麼你手腳都綁上了鐵鏈？」這時白貓開腔了。

那病人似乎對白貓會說話並不感到驚奇，他睜着無神的眼盯着地上，緩緩道：「我是個患上末期驚蟄病的人。」

「驚蟄病？有這樣的病？驚蟄不是二十四節氣的其中一個節氣嗎？」小希對這病的名稱大惑不已。

「呵呵！驚蟄本來是指驚醒蟄伏於地下冬眠的昆蟲，而驚蟄病則是驚醒蟄伏於某些病患體內的因子，使其發病……」

「蟄伏體內的因子？到底是什麼？你就別賣關子了，快快說出來吧！」白貓失卻耐心地催促道。

那病人瞟一眼白貓，冷哼一聲，道：「你們很快就會知道……」

小希等人面面相覷，大家都感到一股危險即將降臨。白貓按捺不住，跳上去病人身上張嘴嗷叫，問道：「你還不快點說出來？到底是什麼？」

病人冷笑一聲，閉上了眼睛，完全不理會白貓的質問。

「喂喂！沒禮貌的傢伙！快給我說！」

病人睜開那迷濛的眼，終於開口：「我已經是將死之人，你們好自為之。」

說着病人合上了眼，看樣子似乎在等死。」

「喂！喂！你別裝死！快起來回答我的話！」白貓的耐性已到極點，他忍不住用那貓爪掀開病人的被單。誰知剛掀開來，他立即嚇得發出一聲驚叫，馬上跳得老遠！

眾人這時看見病人腿部腫大如牛，好像大象腳，而最懾人的是他右腳脛骨上方有個缺口，缺口處腐爛了，還有什麼東西正往裏攢動。

大家都驚慌地退去門邊，眼睜睜看着缺口處那一團蠕動物逐漸爬進病人腿內……

阿木惡狠狠地盯着那缺口的東西，牠擋在俊樂身前，發出咬牙切齒的咕嚕聲，一副準備戰鬥的姿態。

白貓突然全身打了個冷顫，隨即一股莫名的衝動控制了他，他居然發瘋般衝了過去！

小希驚呼道：「爸爸！」

白貓這時已竄到蠕動物旁，兩眼在昏暗中發出青光，一口咬住就要鑽入病人體內的東西！

蠕動物淒厲地發出可怕的叫聲，小希、俊樂及史蒂夫趕緊遮住雙耳，但牠並沒有因此而離開，而是更用力地朝病人腿骨鑽去！

白貓兇猛地怪叫一聲，傳出儀同時發出吼叫，白貓隨着吶喊再次噬咬那蠕動物。牠那身軀已經滲出許多血來，但仍堅持着拚命往裏鑽。白貓用盡力氣瘋狂啃咬，終於一點一滴地扯出那鮮紅的蠕動物。蠕動物本來掙扎不已，卻竟順着白貓的意被咬了出來！

白貓咬着蠕動物，放下心來，但只那麼一放鬆，就讓蠕動物有了逃離的機會！

牠迅速扭動，掙脫白貓的嘴沿，朝俊樂的方向飛射過去！

11 蠶食心臟的蟲子

小希看着蠕動物飛向俊樂，着急地大聲喊道：「俊樂閃開！」

俊樂完全沒有預想到這蠕動物竟然會飛向自己，由於事出突然，他腦袋空白，動作一向慢半拍的他完全不知道如何反應……

那鮮紅色的噁心蠕動物伸出了尖利的觸角，刺向俊樂的肚子。就在觸角刺進俊樂肚皮之際，一隻毛茸茸的手掌伸過來，一把將蠕動物擊打開去！

俊樂咽一下口水，等他回過神來，才發現是阿木救了他！

此時的阿木擋在俊樂前方，全身毛髮豎起，防範着蠕動物再次侵襲。

「快把牠殺掉！牠在找新宿主！」牀上的病人不知何時爬坐起來，着急喊道。

話音才落，蠕動物已再次彈起，伸張着兩對尖利的觸角朝阿木刺去！

阿木豎起的毛髮竟如利箭般飛射出去，射中了彈起來的蠕動物，將牠固定在牆壁上！

蠕動物似乎還想動，但也只是動了那麼幾下，就垂了下來。被刺中的部位鮮血直流，看來剛才阿木命中了牠的要害！

大夥兒都為眼前的一幕驚訝不已，想不到阿木的毛髮在非常時期竟變成尖利的武器！

白貓悻悻然看着那蟲屍，道：「太可怕了，我竟然會主動衝過去咬這噁心的東西！」

白貓平時有點潔癖，現在居然讓自己咬住那臭蟲，趕忙乾嘔幾聲，似要將吃過的東西全嘔吐出來。

「這就是你成為關鍵動物的本事啊！你不知道嗎？」小希挑挑眉，說。

「什麼？我有什麼本事？為什麼之前都沒人跟我提過？」

小希撇撇嘴，道：「你現在是糾錯之靈。」

「什麼？糾錯之靈？」

「對，艾密斯團長告訴我，你會忍不住去糾正一切不對的事。」

白貓想起自己之前啃咬伯爵夫人裙子的事，還有剛剛衝過去啃咬噁心蟲子的事，懊惱地說：「怪不得我會完全控制不住自己，甚至做出自己都覺得羞愧，或平時完全不可能去做的事……」

「那我得謝謝你這糾錯之靈。」這時病人開腔了，「是你糾正了一切，改變我的命運，讓我得以活

命。」

病牀上的病人閉上眼睛，歎一口氣，再睜開眼，他的眼眶裏居然含着淚水。

「你……為什麼哭？」俊樂傻乎乎地問道。

病人望向俊樂，說：「傻孩子，知道必死的自己居然能活下來時，有誰會不哭的嗎？」

「那可怕的蟲子到底是什麼？」小希問道。

病人擦去眼淚，用被單擤掉鼻涕，深吸口氣，讓自己鎮定下來，說：「先把我的鐵鏈解下來吧！」

史蒂夫說：「我來占卜看看鑰匙在哪裏！」

說着他就要取出占卜工具，但小希阻止了他，說：「我想這應該不需要占卜。」

「為什麼？你知道在哪裏嗎？」俊樂驚奇地問。

小希沒回俊樂，她急急走了出去，不一會兒就拿着一串鑰匙進來。

「來試試吧！」

小希說着，嘗試用不同的鑰匙逐一打開鐵鏈。才試了幾道鑰匙，就把鐵鏈打開來了！

白貓難得地讚許道：「醫院的鑰匙，當然就在醫院裏面。」

病人鬆了鬆許久未得到自由伸展的手腳，露出幸福又感動的神情。

「呵呵！謝謝你們把我從死亡的命運中解救出

來。」病人說着，一雙腫大的腿垂了下來。

「是那隻蟲子把你的腿變成這樣？」俊樂問。

病人點點頭，望向牆上被利箭固定住的蟲屍，說：「這是噬心蟲。」

「噬心蟲？」小希重複道。

「嗯，噬心蟲是一種寄生蟲，牠依附在寄生的動物宿主身上吸收養分。最後當宿主體弱不堪時，噬心蟲就會鑽入宿主身體，蠶食宿主的心臟。」

「動物？人類也算動物，對嗎？」白貓問道。

病人平靜地說：「噬心蟲的宿主一般是人類以外的動物，對人類來說，噬心蟲沒有威脅。即使有噬心蟲入侵，牠也只是蟄伏於人類宿主體內，並隨着排泄物排出體外，不會有任何徵兆和不適。」

「那為什麼噬心蟲會蠶食你的身體？」小希看着瘦弱得不成人形的病人，問道。

病人歎了口氣，說：「只有感染驚蟄病毒的患者，才會將這種可怕的噬心蟲喚醒。被喚醒後的噬心蟲越長越大，蠶食病人體內的養分，最後吞噬病人的心臟，使病人就此死亡。」

病人頓了頓，道：「宿主死後，噬心蟲會跳出人體尋找下一個宿主，所以剛才真是千鈞一髮。」

病人看向差點兒成為下一個宿主的俊樂。

「真是太可怕了！這世界居然有這麼恐怖的病！

幸好我不是這世界的人。」俊樂心有餘悸地說。

「其實人類一般不會患上這種病，我可說是第一個患上的人類。」

「你為什麼會得到這種怪病？」小希問。

「呵！」病人忍着痛爬起來，打開抽屜，拿出一本藥書，道：「我是草藥學者，常年到野外採集藥物，帶回實驗室檢驗及研究。在一次採集草藥樣本過程中，我誤帶了某種寄生於動物的驚蟄病毒回來，並在做實驗時不小心弄破了皮膚，讓驚蟄病毒進入我體內。」

眾人感到譁然，一切事情的發生都是由連串巧合鑄造。

「真的有這麼巧的事？」白貓不能置信地問。

史蒂夫第一次在眾人面前說出他的看法，道：「世間事本就是由無數巧合組成，沒有前因，就沒有後果。連串的因，組成了後來的果。」

「這句話的意思跟艾密斯團長所說的話，有異曲同工之效呢！」小希摸着下巴，道。

俊樂馬上說出艾密斯團長常說的那句話：「一切的發生都不是偶然，每件事情的發生都有它的原因和機緣。對啊！真的是完全一樣的意思呢！」

「你們可不可以不說這些玄而又玄的話？現在到底該怎麼做？」白貓發出不耐煩的聲音，道。

小希和俊樂望向史蒂夫，史蒂夫趕緊從手提包內取出占卜工具，說：「這回是時候用這個了。」說着史蒂夫拿出個巴掌大小的水晶球。

「水晶球？你還會用水晶球占卜啊？」俊樂稀奇問道。

史蒂夫為水晶球蓋上一層顏色絢麗的絲綢布，接着他對着水晶球閉上眼睛，雙手輕輕按壓着微微發出光芒的彩布。

俊樂好奇地觀察史蒂夫的面部表情，可以看出他非常專注，額頭都滲出汗來。

史蒂夫終於睜開眼，他迅速拉開發光的絲綢布！

眾人看到水晶球內居然有人影在晃動，全都譁然大驚，紛紛湊了過來。

只見水晶球內顯現一個迷你世界！那兒應該是伯爵家中的某個場所，裏面的人都是迷你版的小人兒！

「天啊！竟然有這樣的事？這是魔法，對吧？」

俊樂看得頻頻咋舌，小希也忍不住搖頭晃腦，但眼珠子可一刻都離不開那水晶球。

「噓！」史蒂夫小聲阻止俊樂說話，並繼續專注地盯着水晶球。

俊樂趕緊噤聲，大夥兒也聚精會神地等待史蒂夫下一步的動作。

「他們說今天內要處死艾莎夫人，不過有一個條件能免除她的死刑，就是拿出救治所有食物中毒者的解藥。」

「解藥？」那病人禁不住好奇問道：「什麼解藥？他們中了什麼毒？」

史蒂夫漸漸放鬆了精神，轉瞬間，水晶球的世界不見了！

這時，史蒂夫緩一口氣，對病人說：「他們進食了某種少見貝類，毒性很強，中毒者除了嘔吐腹瀉，還會產生幻覺，四肢腫脹，更有人因此昏厥過去。」

「聽你這麼說，我倒是有解藥。」

「你有解藥？」大夥兒同時驚訝地說道。

病人頷首，並說：「這並不是什麼重病，每年都有許多貧苦人家因為饑餓而誤食重金屬貝類，前來找我救治。不過在我告誡下，現在已經甚少有平民再胡亂食用貝類。」

「那為什麼這些貴族卻不懂呢？」

「貴族向來養尊處優，根本沒機會接觸這些平民食用的貝類。這回應該是某個高官喜歡享用海產，才會引進有毒的稀有貝類入菜吧！」

「原來如此，那還等什麼？快給我們解藥吧！艾莎夫人隨時會被處死啊！」俊樂着急地說。

「別急，我們現在就去實驗室取解藥。」

於是乎，一行人浩浩蕩蕩地朝病人的實驗室——亞里士實驗中心前進。眾人後來才從史蒂夫口中得知病人居然是他們世界著名科學獎的得獎者——亞里士學者，是當世名人之一。自從得了怪病後，他就一直隱藏在地下街醫院就醫，但醫生們都無法治好他的驚蟄病。當醫院員工得知他即將死亡之際，就紛紛遠離醫院，避免噬心蟲轉而寄生到自己身上。

史蒂夫順利得到解藥，並及時趕到伯爵的宮邸，交出解藥予伯爵夫人去治療所有食物中毒的高官顯貴，而艾莎夫人亦因此免於死罪。

事情至此，小希、俊樂及白貓攜手合作的第一次任務完滿結束，這也意味着俊樂必須和剛剛才成為朋

友的阿木分別了。

「不！我要帶阿木回去我們的世界！」俊樂死活不肯放開阿木，緊緊抱着毛茸茸的龐大黑色疾龍，淚汪汪地說。

「俊樂，我們是不可能帶牠回去的，牠可是我們世界沒有的物種啊！你想想，如果被人發現，肯定要抓牠去實驗室做研究！」小希苦口婆心地勸道。

「那……那……」俊樂突發奇想，說：「對了！把牠養在我家院子不就行了？我會叫爸爸將籬笆築高，建好實心的水泥牆，讓外人看不見裏面！」

小希無奈地晃晃頭，說：「你以為藏得了一時，藏得到一世嗎？」

「也不用藏一世啊！下一次來這世界的時候，再把牠帶來不就行了？」俊樂怎麼都不願意放棄。

小希皺緊眉頭，慎重地說：「不行就是不行！艾密斯團長——」

「啊——我不管艾密斯團長說什麼，反正他是騙子，根本不用聽他的話！」

這時阿木用頭部觸碰一下俊樂，哞哞叫了幾聲。俊樂似乎明白了牠的意思，眼眶含滿淚水，道：「你真的要在這裏等我？」

阿木點點頭。

史蒂夫這時走了過來，他從俊樂手裏拉過阿木的手，對俊樂說：「俊樂，我會好好幫你照顧阿木，你放心吧！」

俊樂斜睨史蒂夫，好像他是什麼窮凶極惡的壞人。

「現在我算是得到了伯爵夫人的信任，以後不會有人欺負我。我也可以保證，絕對不會讓其他人欺負或傷害阿木。」史蒂夫誠摯地說。

俊樂瞅着史蒂夫，雖然知道他很有誠意，但俊樂就是不願意放手，對史蒂夫露出一副防備又妒忌的神情。

白貓看不過眼，喇叭大聲地傳出：「讓艾密斯團長安排你常回來這個世界看阿木不就行了？阿木待在這裏才是最適合的，你也不想阿木遭遇危險吧？」

俊樂看阿木一眼，阿木神情低落地垂下頭。俊樂明白到再怎麼不捨得，也不應該讓牠身陷險境。

俊樂歎口氣，道：「我很快就會來看你。阿木，你要開心點哦！要多吃東西，知道嗎？」

俊樂沉重地向阿木招手道別，然後依依不捨地隨小希和白貓躍入草坪中的時空縫隙。

12 關於比華利的回憶

小希家傳來用力洗刷的聲響，原來是小希在洗廁所。

她倒了大量潔廁液在地上、馬桶上，費力地洗刷着，肥皂泡還蔓延到廁所外面呢！

「這白貓！想讓我忙死嗎？」小希邊刷邊懊惱地埋怨，額頭滲滿了汗，身上的衣服也濕了大半。她現在的景況可真是狼狽不堪啊！

前幾天開始放兩個星期的學校假期，若不是白貓，她現在可是悠閒享受假期的好時光。

與小希的焦頭爛額形成一個對比的，是在房裏輕鬆自若地觀看影片的白貓。

這幾天白貓吃得很多，但排泄總是非常不順暢。自他回到這世界之後，漸漸回復身為人類的習性，只肯在廁所排泄。這對於貓咪來說雖然是極高難度的動作，但他寧願艱難地攀附在馬桶上釋放出排泄物。

當然他沒有辦法確保不弄髒馬桶啦！因此，最後麻煩的自然是小希。

「你就不能乖乖像普通的貓上大號小號那樣，不要讓主人太辛苦嗎？」小希滿頭大汗從剛清洗好的廁所走回房間時，朝白貓呼喝道。

白貓扭過頭，當作沒聽到地繼續盯着手提電腦熒幕。

熒幕上播放的是一部戰爭電影，白貓身為人身的時候就很愛看這類浴血奮戰的戰爭電影。

小希氣呼呼地過去拿走充電器，小希房裏這台手提電腦電池不好，因此必須裝上充電器才能使用。沒有了充電器，手提電腦的熒幕馬上黑下來，白貓這才忍不住透過傳出儀罵道：「你不能剝奪我的娛樂！快把充電器還給我！」

「我偏不！誰叫你不聽我的話？」

「好，我聽我聽。你到底要怎樣？」白貓的語氣充滿了怒氣。

「你到後院上廁所。」

白貓迅速回應道：「不行！」

小希按捺住怒氣，說：「那就必須付出代價——沒法看電腦！」

「你！為什麼不可以看？我用自己的錢買的電腦，什麼時候輪到你來管？」白貓幾近怒吼狀態。

說完他一個箭步衝前，伸爪抓那充電器，但小希也機警，馬上後退兩步，將充電器舉得老高，然後她不懷好意地笑說：「問題是你現在是貓，貓根本不需

要看電腦。」

「你！你不是明知道我不是貓嗎？我既然不是貓，當然不能在外面排泄！我既然不是貓，當然能看電視、電腦——」

白貓未說完，一面鏡子遞到他跟前。白貓盯着鏡子，一時噤聲。鏡中動物就是隻徹頭徹尾的貓兒！

「你敢說自己現在不是貓？」小希對白貓翻了兩下白眼，說：「連上廁所也不能好好上，每次都弄得廁所亂七八糟，連吃飯也搞得滿地——」

「停！不准再說了！」白貓低下頭兩耳抵住前肢，他不能接受自己無法做好這麼簡單的事……

他也想好好上廁所，也想好好吃飯，不弄得滿地都是食物啊！為何這女兒就不能體貼一下做父親的難處呢？

「哼！總之，你不要給我添麻煩！我不想再因為你的屎尿而每天忙碌！給我去後院上廁所！」小希氣憤地給白貓下指令。

白貓一向高高在上，哪能忍受孩子對他指手劃腳，隨意批評下指示？他惱羞成怒，露出野蠻的氣勢，鼻息呼嚕呼嚕，嘴裏發出咬牙切齒的咯咯聲。

「輪得到你說嗎？我是一家之主！我說了算！我想在哪裏上就哪裏上！」

說罷白貓奮而衝過來，再次想奪走小希手上的充電器，小希急忙跳起來衝出外面！

白貓緊追過去，一人一貓在客廳追逐着。桌上的筆筒被打翻了，沙發被抓出幾條刮痕，電視櫃的遙控器被甩得老遠，垃圾桶也被弄倒……

幸好白貓已將傳出儀調去靜音，否則現在客廳必定充斥着他的怒吼聲！

不過，他們發出的吵雜動靜還是驚動了在工作室埋頭苦幹的徐堯。

客廳旁邊的小門「呀」的一聲打開了，徐堯皺着眉頭看着眼前的亂象，問道：「你們就不能靜一點嗎？我這裏可是在趕做模型給顧客呢！」

徐堯這陣子接了很多舊屋翻新的工作，皆因之前幫祁氏集團*所做的舊酒店翻新非常受歡迎。

她畫完舊屋翻新的設計圖後，還得兼顧鑄造模型，讓顧客能對她所做的各種構想及設計一目了然。鑄造模型這步驟需要加倍的專注和耐心，因為所用的物件都是「迷你」型號的材料，周遭環境最好盡量安靜，不能有太大的干擾和吵雜聲。

「對不起，媽咪。是這隻貓頑皮，待會兒我會把家裏收拾好……」小希責怪地瞥一眼白貓，白貓不服

《奇幻書界》第三集中，祁氏集團乃關鍵動物永哥的家族企業集團，經營連鎖酒店。

地「喵」了幾聲以表示抗議。但他的抗議完全沒用，徐堯根本聽不懂。

「呵！別責備牠，牠只是貓，不曉得安分。算了，你讓牠出去蹓躂，別在屋裏吵就好。」

徐堯對白貓露出關愛的眼神，白貓突然覺得很暖、很窩心。他心想：還是老婆好，總是那麼忍讓我、體貼我。哪像這小壞蛋……

白貓斜睨小希，對小希剛才教訓他的舉動感到忿忿不平。

「可是，這貓是壞蛋，哪裏會聽我的話？媽咪，由你來帶他去外面吧！」小希眨了眨眼説。

「這小希居然説我是壞蛋？」白貓恨得牙癢癢，但又無可奈何，現在的他有嘴也不能説話。

他轉而向周遭事物發洩，他爬上電視櫃，踩着上面的CD，那CD是小希學校在去年的家長會錄影。小希一看，趕緊衝過去，可不能讓白貓抓花了啊！

白貓趁小希分心取走CD的時候，撲過去咬住充電器的電線。小希大驚，費盡力氣拉扯電線，好不容易終於將電線從貓嘴拔出，連忙逃向母親的方向，躲去母親身後。

「媽咪！你看這貓多壞！他竟然咬電線！他瘋了！」

白貓氣得無以復加，他不允許孩子在妻子面前一再說他的不是。他氣急敗壞地衝向小希，小希慌得立即溜進工作室。白貓雙目冒火地竄過去，為了截住小希，他跳上徐堯的工作枱。下一秒——

悲劇發生了！

徐堯好不容易做好的部分舊屋模型「喀喇」一聲，散架了！

小希睜大嘴巴，驚呼：「慘！你闖下大禍了！」

徐堯衝過來，看着桌上四散開來的木枝、燈架、玻璃碎片，兩眼由驚訝變得惱怒……

白貓知道自己闖了大禍，緊閉着眼，身子縮成一團。

過了一會兒，白貓感到周遭很安靜，然後他聽見一陣熟悉的樂音。

「咦？這音樂好像哪裏聽過？好舒服，好好聽……」

白貓慢慢地睜開眼，瞄到妻子一副關愛的眼神。

「貓咪跟人一樣，壓力大了就會發脾氣吧？來，我們聽聽放鬆的音樂，你就不會發脾氣了。」

徐堯步調輕鬆地前去調整擴音器的音量，小希傻着眼，對於母親的好脾氣及寬宏大量，她算是見識到了。

徐堯調好音量，轉過頭來說：「這首歌很好聽哦！以前我和小希的爸爸常一起聽這音樂，是一位名

叫比華利的女歌手唱的。她的歌聲很美，聽了什麼煩惱都沒有了。」

白貓聆聽着空氣中傳來的慵懶樂音，身子不禁微微搖擺起來。

小希聽到「比華利」三字，一下子喚醒了記憶。

「對啊！艾密斯團長不是說，爸爸和比華利有一段特殊的際遇嗎？爸爸很可能去過比華利的世界，比華利才會送給爸爸這張黑膠唱片啊！我怎麼忘了問爸爸這件事呢？」

小希瞅着白貓，白貓卻露出一副陶醉的神情，嘴裏嗚咽着，似乎在哼唱。

「就是這首歌，以前只要我心情不好，就會開來聽。聽了之後心情便豁然開朗……」白貓想着，輕輕搖擺着頭部。

徐堯被白貓的舉動嚇一跳，但隨即笑呵呵地抱起白貓，說：「原來你也喜歡這音樂。很好聽，很舒服吧？聽了是不是心情好多了？」

小希望着眼前這兩位陶醉於樂音中的「夫妻」，沒眼看地拍一下頭，道：「果然是天生一對。」

「小希，你說什麼？」徐堯問。

小希晃晃頭，道：「沒事。媽咪，我先出去了！你記得帶貓兒到外面去。」

「這有什麼難的？等我重新做好模型，就帶他去外面散步。你說好嗎？」最後那句徐堯是對着白貓說的，白貓睜大着眼含情脈脈地頷首答應。

「呵呵！小希，這貓真的很通人性呢！」

小希對白貓翻一下白眼，匆匆溜出門外。

小希在門外抖了抖肩，覺得起了一身雞皮疙瘩。

「想不到變成白貓後，媽咪跟爸爸的互動這麼肉麻，真受不了！」

小希看着手上的充電器，兩眉一挑，然後走進廚房，將充電器藏在白貓不可能發現的地方——放置醬料的櫃子後方。

「嘿！最不喜歡走進廚房的他，肯定找不着！」

小希喜滋滋地走回房間。

這時候，工作室內的徐堯和白貓還沉醉在比華利慵懶的歌聲中。

「當我們悲傷的時候，還有歌聲陪伴我們。當我們失去力量的時候，還有朋友陪伴我們。當一切都背棄我們的時候，還有希望陪伴我們。何時我們才能理解，無他無我？只要有人就有希望，只要相信就有力量。」

聽了一會兒浪漫的樂音，徐堯放下白貓，說：「我必須趕工，你乖乖在一旁聽歌吧！」

說着徐堯立即將散架的模型材料重新組裝起來，白貓在旁邊看着，眼神溫柔而驕傲。

以前的他只會對妻子和孩子頤指氣使，還諸多挑剔。此刻，他突然發覺自己對她們太嚴厲了。

「就去外面上廁所吧！我這副模樣居然還能得到妻子的疼愛，還在意什麼人類的尊嚴呢？」白貓心中暗自決定，「不能再給小希添麻煩了，我應該接受自己現在是貓的事實。至少從外觀來說，我的確是一隻貓。」

白貓安靜地躺在徐堯腳邊，等着她把工作做完。

晚上，白貓和徐堯到附近散步。「解放」後，他心滿意足地回到客廳，在他專屬的毛茸茸軟墊上躺下來歇息。

小希趁着母親去梳洗，趕緊問白貓：「喂！我問你，你是怎麼拿到比華利那張黑膠唱片的？是她親自送你的嗎？」

被小希這麼一問，白貓腦海突然閃現一些畫面，但那畫面似乎是很遙遠的記憶，如今他已經沒有印象。

白貓調整傳出儀的音量，說：「我不記得了。」

「不記得？怎麼可能？你見過比華利，不是嗎？」

白貓右眼珠飄去天花板上的吊燈，想了想，說：「我真的沒印象，不知道是不是上回在《桃樂絲冒險日誌》的世界待太久，把以前的事全忘了。」

「忘了……」小希捂着下巴，呢喃道：「我總覺得這件事，跟你變成關鍵動物有關。」

「哦？是嗎？那我得想起來！呵，到底是什麼時候見過她呢？為什麼她會送給我唱片？」

白貓思忖着，但他絞盡腦汁，怎麼也想不起。

小希瞪了瞪他，說：「從現在開始，你多了一項任務——想起關於比華利的事，知道嗎？」

白貓斜睨小希一眼，道：「我要想自然會想起來，不用你吩咐！」

小希知道白貓吃軟不吃硬，不喜歡人家指示他做事，只好說：「這可是跟你變回人身有關，就請你好好想一想，可以嗎？」

白貓這才悠然地抬高頭，一副不在意的模樣說：「好吧！我有空的時候會想想。」

小希按捺住怒氣，心想：只要他不給我添麻煩，就別跟他動氣了。

「那你真的要好好想想。」小希不放心地提醒道。

「好啦！你別囉嗦！啊，對了，快給我充電器！我可是乖乖去外面上廁所啊！」

小希撇撇嘴走向廚房，把充電器拿出來，道：「我放回房裏。」

「不行！我現在要看，把手提電腦拿來客廳。」

「你——」小希瞪一眼白貓，忍了下來。她無可奈何地到房裏拿手提電腦，並在白貓指示下安裝好電線，服侍周到地將手提電腦擺到白貓的軟墊前方。

「好了，好了！別擋着我看電影！」白貓擺擺小爪，一副帝王般的語氣。

小希腳步粗重地走回房裏，氣憤地嘀咕道：「真希望艾密斯團長快些來，我們快點完成任務，我就不用每天受這隻霸道白貓的罪了！至少變回人類後，他必須上班，不用日夜都對着他！」

小希氣呼呼地關上房門後，白貓若無其事地瞟了一眼小希的房門，說：「叫她做點事就一副不耐煩的模樣，真是的！想我以前哪裏敢這樣對待父母？」

白貓腦袋某根神經被觸動了，兩眼放出青光。

「咦？比華利……對了，我有點印象，她是一個穿着奇裝異服的女子。她好像救了我……是吧？」

白貓眯起眼，拚命回想那偶然蹦出的記憶。可想了好一會兒，還是想不起在哪裏見過她。

白貓呵口氣，目光接觸到那敢死隊衝向敵軍陣營的畫面，立即拋開思緒，繼續沉醉於諜戰影片當中。

13 綠林深處的神秘交易

樹林深處昏暗陰沉。

天空轟隆隆地作響，緊接着，果不其然地下起一場大雨，把樹林都濕潤了。

樹林發出各樣聲音，淅瀝瀝的雨聲、樹葉飄搖聲、雨水打在地上的滴答聲、不知名蟲子的鳴聲、動物的驚慌叫聲。然後，空氣中突然夾雜了某種不協調的嗒嗒聲。那聲音緩慢地從遠而近，嗒、嗒嗒、嗒嗒、嗒、嗒嗒嗒。

「嘚」一聲，是踩踏到樹枝，折斷枝幹的聲響。嗒嗒聲繼續響起，越來越清晰。終於，雨絲中出現一個人影。

原來那是人類踩踏在潮濕泥土上發出的腳步聲。

那人類雙手握着一把大黑傘，把雨傘壓得很低，以至於只能看見他胸部以下的部位。

他的衣服看起來華麗講究，白色絲滑襯衣，配上鑲着金色邊的鈕扣，小馬甲沒有扣上，馬甲上縫着精美的刺繡圖樣。他穿着高高的褐色皮靴，靴子上沾了些走路時噴濺上來的泥水。

他從容地走着，來到一棵大大的菩提樹下，停了下來。

他站在菩提樹下等了好一會兒，黑傘始終沒有提高上來一點。

這時，另一陣腳步聲傳來。

提黑傘的人稍稍抬高了傘，望向走過來的人。

另一人身穿黑色套頭雨衣，頭部只露出小小的一條縫，在迷濛雨絲中看不清臉龐。

那個人走到提黑傘的人跟前，問：「你確定『他』不會看見嗎？」

提黑傘的人冷哼一聲，低沉地說：「不會。即使看到，他也不知道是我。」

「也對。憑你的能力，他不會知道是你。」

「我該怎麼做？」

「你先看看這個吧，我會再聯繫你。」説着，穿套頭雨衣的人把某件東西交給提黑傘的人，接着轉身離去，很快就消失於朦朧雨景中。

提黑傘的人緊緊握住手上的東西，不久黑傘往上提高了些，可以看到他似乎很激動，嘴角在急劇抖動着。

14 意想不到的新夥伴

俊樂在行事曆上的某個日子畫了一個叉。

行事曆上已經連續畫了十二個叉，這代表今天是俊樂與阿木分開後的第十二天。

「艾密斯團長怎麼還不來呢？不是說兩個星期內就會來找我們嗎？」俊樂嘀咕着，怪責艾密斯團長這回怎麼如此怠慢。

「現在是學校假期，難得我這麼空閒，唉！要是現在能跟阿木一起就好了……」

他托着腮，想着他的新朋友。自從在「未卜先知男爵」的立體書世界遇到這位特殊的疾龍朋友阿木後，俊樂一直對牠念念不忘。

「阿木現在怎麼樣了呢？是不是還很傷心？唉！我明明說過很快會去找牠，可是現在過了那麼久……對了，下回見到牠，我一定要問牠到底是為什麼而傷心？然後啊，我要幫牠找回快樂。嗯，就這麼說定。」

門鈴聲響了，俊樂反射地跳了起來！

他衝去門口，見到站在門外的是小希和白貓，興

致高昂的他立即被澆了一桶冷水，瞬間冷卻下來。

「怎麼是你們啊？」

俊樂無精打采地開門，見白貓警惕地左顧右盼，說：「只有我一個在家，快進來吧！」

小希手裏抓着立體書，緊緊張張地走進屋裏。

「怎麼了？」

俊樂看到小希四處張望的模樣，突然警覺到什麼，問道：「不會是胖子大公爵要來搶走立體書吧？」

戴着傳出儀的白貓搭腔道：「正是！剛才我在客廳難得睡個覺，一道刺痛的感覺貫徹我全身，我知道即將有不好或不對的事情發生，於是趕緊跟小希帶着立體書逃出去。我們從後門悄悄離開時，果然看到他們的鬼祟身影。我怕這會兒，他們已經發現我和小希不在家裏了！」

「那怎麼辦？如果他們找來這裏，我們三個也很難阻止胖子大公爵搶書啊！」俊樂着急地說。

「艾密斯團長應該快到了！胖子大公爵利用時空縫隙開啟的時間來到我們的世界搶書，艾密斯團長一定會阻止他的！」小希忐忑地說。

「萬一他沒來，書被搶走了呢？」俊樂突然睜大雙眼，說：「啊！書被搶走的話，我會不會再也看不到阿木呢？」

俊樂最緊張的，是見不到他的疾龍朋友。他可是答應了阿木會儘快去看牠，絕對不能食言啊！

小希神色凝重地說：「如果書被搶走，胖子大公爵對立體書世界施展幻術後，一定會將書毀壞，那我們就無法回去那個世界執行任務，挽回一切了！」

「我不會讓胖子大公爵得逞。」白貓信誓旦旦地說。

「我相信他一定會及時趕來的，每一回都是這樣，不是嗎？」小希不太肯定地說，她心裏仍然很擔憂書會被搶走。

「呵！這個艾密斯團長，為什麼他總是神出鬼沒、來去重重的呢？」

「是來去匆匆。」小希趕忙更正俊樂。

「唉！總之他每次都在最後一分鐘才出現，害我緊張得肚子又餓了！」俊樂埋怨道。

俊樂一說就更餓了，趕忙打開冰箱，準備帶走一些零食充飢。但白貓此時怪叫一聲，大夥兒望向窗外，發現伊諾已站在外面。他臉部緊貼窗戶，兩眼咕嚕嚕地瞪着他們！

「俊樂！我們快走！」小希喚道，隨即往俊樂家後門逃去。俊樂愣了半秒，胡亂抓一包東西塞進褲袋，便用力拍上冰箱門，匆匆跟了過去！

他們急急跑出後門，伊諾已從前門跑了過來，後

方的亞肯德大公爵氣急敗壞地大叫：「還不快抓住他們！」

伊諾這大塊頭砰砰響地移動身子，往他們的方向跑去。

白貓、小希和俊樂飛快逃跑，伊諾緊隨他們身後，但距離越拉越大。追到後來，他的步伐慢了許多，身子笨重地移動着。

俊樂往後看到伊諾與他們差距極大，鬆懈下來，對前方的小希說：「我們用走的好了，那個大塊頭追不到的啦！」

這時，小希和白貓也開始放慢腳步。小希四處顧盼，祈望看到艾密斯團長的身影，但她的希望還是落空了。

她憂心忡忡地思慮：「艾密斯團長，我們沒辦法應對胖子大公爵，你怎麼還不出現呢？他們出現在這個時空，表示時空縫隙開啟了，平常你都會早一步給我們提示或帶我們去執行任務，這次為何遲遲不現身？」

小希的不安讓白貓看透了，他問道：「現在該怎麼辦？我們能逃去哪裏？不能一直逃避，不斷繞圈圈啊！我們總有走得累的時候，伊諾再遲鈍，走得再慢，還是有機會逮到我們。」

這正是小希擔憂的，尤其她聽說伊諾不單擁有

「後見」能力，最近還練成了「預見」的本領……白貓繼續說：「況且，那個亞肯德大公爵不是會幻術嗎？他只要對我們使用幻術，我們就無處可逃！」

「不錯，哈哈哈！算你們有自知之明！」

小希、白貓和俊樂驚愕地轉過頭。他們身後竟然站着亞肯德大公爵和他的跟班奧狄！

「你是怎麼追到我們的？」俊樂傻乎乎地問道。

「那有什麼難的？嘿！我用了障眼法，讓你們以為走了一條不同的道路，但實際上你們是在走回頭路啊！哈哈哈哈！我的障眼法厲害吧？是不是很佩服我呢？」

小希皺緊了眉頭，正想吐槽，伊諾已從另一個方向跑過來。現在他們被前後包抄，無路可退了……

「小希，怎麼辦？」俊樂靠攏過來，聲音顫抖不已地說。

「別怕，我可不是普通的貓！」白貓說着，立時衝向撲過來的伊諾！

伊諾雖然力氣很大，但他的弱點是反應不夠敏捷，對於身手靈敏的動物更是沒轍。因此他怎麼都夠不着白貓，只有被白貓抓傷的份。

俊樂看得呵呵大笑，直呼：「抓得好！抓得妙啊！」

雖然白貓處於上風，小希仍舊非常擔心。就在這

時候，大公爵出手了！

他從懷裏取出一個瓶子，打開罐，一股氣味撲鼻而來。小希拉着俊樂彈開去，並急忙喊道：「白貓，快閃開！」

白貓反應異常靈敏，他機警地跳到幾米開外，及時避過那陣濃烈的氣味！

「胖子大公爵！這招不中用了！你就別再用這種三腳貓的幻術獻醜！難道你沒有其他更厲害的幻術了嗎？」小希跑得遠遠的，捂着鼻子大聲地說。她知道大公爵很容易被激怒，故意說些挑釁的話，就是為了令他們自亂陣腳，好爭取更多時間讓白貓逃離。

唯大公爵也不是省油的燈，白貓突然毫無預警地飛騰到半空中！

傳出儀響起救命聲，連着貓叫同步發出，小希和俊樂驚慌地跑回頭。

「糟了！白貓終究中了胖子大公爵的幻術！」小希驚呼。

原來亞肯德大公爵在拿出瓶子使用風沙滾滾幻術的時候，也同時唸出騰飛咒語！

白貓雖來得及避開瓶子傳出的氣味，卻躲不過亞肯德大公爵對着他行使的咒語。

白貓哇哇大叫地在空中掙扎，依稀聽到他在說：「我怕高！快放我下來！太恐怖了！」

「原來你爸爸有畏高症啊！」俊樂發現新大陸一樣，驚訝地說。

「是的！我爸爸很霸道，什麼都不怕，但就是怕高。怎麼辦？怎麼辦？」

聽到白貓慘烈的嗷叫，小希六神無主地在原地轉着。她望一眼高處的白貓，用力晃了晃頭道：「不行！我得冷靜！冷靜……」

小希深吸幾口氣，道：「得救救白貓。」

小希終於稍稍安穩下焦慮的情緒，冷靜地觀察眼前情勢。

大公爵這時嘴裏仍唸唸有詞，看來若要讓父親下來，必須打斷大公爵對父親施咒。

小希抿一抿嘴，打算一個箭步衝過去給大公爵一記飛踢。可她還未開步，就被前方突然駛來的馬車打岔，馬車上的人大喊道：「快快上車！」

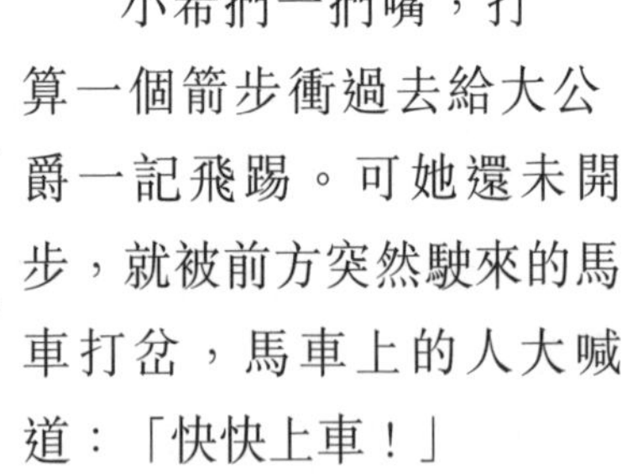

小希還未反應過來，就被人拉上車去，俊樂也同時跳上馬車，他不忘回頭向白貓喊道：「白貓！快跟上！」

白貓這時還在半空掙扎，與此同時，一羣黑色的鳥兒襲向大公爵與徒弟們。大公爵為閃避鳥羣，停止了唸咒，白貓也因此從空中驟然落下——

小希尖叫道：「小心！」

白貓直挺挺地從空中墜落，嚇得無法睜開眼睛，腦海一片空白，任由身體落下……可就在離地兩尺之際，身為貓兒的本能讓他四肢自然而然地擺動起來，

身子柔軟地扭動。當白貓碰到地上的時候，奇跡發生了——他竟然順着地板轉一圈，毫髮無損地站了起來！

小希顧不及讚歎，焦急地喚他：「快上車！」

白貓剛站定，馬上快速衝向馬車，轉眼間一個飛躍動作，「安全上壘」了！

這會兒，亞肯德大公爵、奧狄及伊諾正忙着驅趕攻擊他們的鳥羣，根本沒時間追趕他們！

小希在馬車行駛了一段路之後才慢慢緩一口氣，心想着艾密斯團長果然及時趕來了。她抬頭一望，卻被眼前的人嚇得心臟都快跳出來！

「你——不是艾密斯團長？」小希難得問出個傻問題。

「呵呵，當然。你看我像是艾密斯團長嗎？」那人笑着說，專注駕駛的眼神瞥過來瞅了小希一眼。

小希、俊樂和白貓這時才發現救了他們的，並不是艾密斯團長，而是一位盤着髮髻的婦人！

「你是誰？」俊樂好奇問道。

那婦人微微笑說：「我是代替兒子來的。」

「兒子？你兒子是誰啊？」俊樂不明所以地抓抓頭。

小希嘴巴這時張成O型，喊道：「希貝爾夫人！你是希貝爾夫人！」

希貝爾不禁莞爾，道：「需要這麼驚訝嗎？」

俊樂傻乎乎地看着小希，問：「誰是希貝爾夫人？」

「就是艾密斯團長的母親啊！希貝爾夫人！」小希再次驚訝得叫出夫人的名字。

「嗄？什麼什麼？希貝爾夫人？艾密斯團長的預言家媽咪？」俊樂終於明白過來，不可置信地大聲説道。

「好了，你們不用這麼大驚小怪，只是艾密斯團長的母親罷了！我現在是隻貓，同時是小希的爸爸，你們就不感到驚訝嗎？」白貓無法理解小希與俊樂如此誇張的表現。

小希對白貓翻了幾個白眼，嘀咕道：「誰會感到驚訝？你變成白貓後還不是一樣霸道、頑固？」

「你不懂！白貓，她可是預言家啊！」俊樂雙目發光地説。

「預言家又怎麼樣？跟我們一樣是人啊！哦，不，我現在不是人了。總之，她也不過是個人類。」

「白貓説得對，我只是個渺小的人類。我也跟你們一樣怕冷怕餓，會生病會受傷的！」希貝爾夫人與大家對視着，那雙睿智的眼睛不知為何讓人感到無比安心。

「為什麼你代替艾密斯團長來？」小希問。

希貝爾夫人這回沒有看過來，她眼神凝重起來，說：「大家小心，我們現在要通過時空縫隙了！」

大夥兒神情緊張地望向前方，還沒有心理準備，就連車帶馬一塊兒衝下一道險峻的斜坡！

眾人呼喊的同時，來到一條炫彩通道，強光晃得大家無法張開眼睛。等到大家適應下來，能夠睜開眼的時候，他們已經來到「未卜先知男爵」的立體書世界！

15 突襲薰衣草莊園

一羣人候在薰衣草莊園前方，排成一條長長的人龍。

人們並沒有因為等候而顯得不耐煩，反而非常有秩序地坐在自己帶來的椅子上。莊園前偌大的庭院足以讓大夥兒繞着院子排成幾行隊伍，等候之餘還能沐浴於葱綠的灌木下，呼吸綠色樹木的氣息。怪不得民眾即使再忙再沒時間，也要每天來這裏報到了！

希貝爾夫人領着小希一夥人來到這薰衣草莊園大門，但他們來到大門口就被管家攔截住，無法直接走進莊園內。

莊園管家說：「要占卜或批示的人，請拿號碼排隊。」

小希和俊樂感到驚訝不已，才沒多久的時間，史蒂夫已經變成如此受歡迎的占卜師！

他們只好乖乖地拿了一個號碼牌——二百零三號，排在最外圍的人龍後面。

「唉！要見史蒂夫居然這麼難！我們前面還有一百五十多個號碼，要等到什麼時候才能見到他呢？」

小希瞥了瞥俊樂，說：「多久也要等吧，不是嗎？」

「喂，你聽到嗎？剛剛有人說她每天必須來請史蒂夫占卜，否則連門也不出呢！可是她身在這裏，不就已經出門了嗎？哈哈哈！」俊樂趨近小希身畔，一副八卦的模樣。

白貓在這麼多人面前不敢打開傳出儀，只能喵喵兩聲贊同。

「希貝爾夫人，為什麼這些人一定要來占卜，才開始一天的生活或行程呢？」小希望向排在她前方的希貝爾夫人，問道。

希貝爾夫人年齡看起來約五十多歲，頭上盤了個髻，髮色淺褐中帶點灰白，膚色偏白，臉上有一些細紋，但並不顯老，感覺那是充滿智慧的紋路。

她與小希心目中想像的高貴夫人不同，沒有華麗端莊的服飾，而是低調暗沉的中性優雅裝扮。上身是褐色燈芯絨西裝外套，配上同色系西裝褲，內襯是剪裁合身的暗綠色小馬甲，腳上穿的是長及膝蓋的馬靴。

希貝爾夫人拉了拉身上的小馬甲，語調冷靜地說：「人是盲目的，尤其在亂世中，大家對明天是否能安然度過都無法肯定，因此多會尋找一些令他們安

心和寄託的事情，比如占卜。

「占卜師說的話，通常模棱兩可。雖然不一定正確，但如果人們那一天過得很順利，就會認為是因為聽從了占卜師的話；若是發生什麼不順的事，他們則會認為一定是自己沒按照占卜師的話去做才導致不幸。」

小希疑惑地問道：「那占卜師說什麼都是對的咯？」

「是的，只要是人們相信的占卜師，他們說的話不可能是錯的。」

小希算是大開眼界了，竟然有人如此迷信，盲從占卜師的話。

白貓這時忍不住喵喵嗷叫，但大夥兒根本聽不懂他說了什麼。他終於按捺不住扭開聲量，說：「這些人都是笨蛋！太沒有自己的主見了！」

周遭的人因為這突如其來的巨大聲響看過來，尋找着是誰說出這樣令人憤怒和羞辱的話。

小希趕緊指着白貓，說：「俊樂，這貓咪太笨了，就只會隨地大小便，你快帶他去附近解決！」

俊樂愣了一秒，趕緊抱起白貓，說：「是，是！我現在就帶他去！」

眾人見狀，以為剛才的話語是在責罵一隻貓咪，又不以為意地繼續閒話家常。

「呼，真險！這白貓還真是會給我們惹麻煩！」

小希看着白貓在俊樂懷裏掙扎不休的模樣，撲哧一聲笑了出來。

「誰讓你老是闖禍，這回算是讓你彌補一下所犯的過錯。」

希貝爾夫人微微笑地望着小希，道：「你跟父親的關係不怎麼好呢。」

「呃，是的。」小希漲紅了臉，這話從身為預言家的希貝爾夫人嘴裏說出來，令小希感到尷尬不已。她總覺得在睿智的夫人面前，應該表現得體些。

「你不用覺得羞愧，每個人都有他命定的事，就像有些人生來脾氣暴躁，有些人不曉得體諒他人，當然也有像你這樣，與父親或母親相處不來的人。」

小希遲疑一下，問道：「那這樣的事能不能改變呢？」

希貝爾夫人露出與艾密斯團長類似的神秘笑容，道：「什麼事的發生都有原因，比如脾氣暴躁的人可能有個脾氣暴躁的家人，或者他的需求家人總是看不見，導致時常把需求壓抑在心裏。而一旦爆發出來，那些負能量當然也跟壓抑的能量一樣多。」

「原來如此。照你這麼說，任何事的發生都有原因，當然也有解決的方法了？」

希貝爾夫人遲疑一下，挑了挑眉，道：「你想知

道怎麼改善你跟父親的關係嗎？」

小希瞪大了眼，用力地點頭。

「呵，可惜啊！我也不知道，這得靠你自己想出辦法。」

希貝爾夫人朝小希眨眨眼，就像艾密斯團長常做的那樣，小希心想：不愧是兩母子，説話總是玄之又玄，不直接説出答案，連小動作和神色也一模一樣。

小希感到很失落，她以為希貝爾夫人什麼都知道呢！

「不過——」

小希馬上振奮地盯着希貝爾夫人。

「我可以給你一些提示。」

「什麼提示？」

希貝爾夫人指了指薰衣草莊園的方向，道：「史蒂夫的遭遇會給你和父親答案。」

「史蒂夫的遭遇？」小希呢喃着，對希貝爾夫人給出的提示迷惑不已。

「你也可以試試説些好聽的話。」希貝爾夫人補充道。

「好聽的話？」小希狐疑着，這時白貓和俊樂回來了。

白貓竄到小希腳邊，大聲嗷叫了一聲表示抗議，小希腦海閃過希貝爾夫人剛才的話：「你也可以試試說些好聽的話。」

小希想了想，蹲下去對白貓說：「幸好有你，不然剛才不知道怎麼找下台階呢！」

白貓聽到小希這麼說，下彎的嘴角抖了抖，僵在那兒似乎不懂得怎麼回應。

希貝爾夫人抬高下巴，暗示小希要加把勁「吹噓」。

小希頓了頓，使盡渾身解數說好話，道：「你幫了我們一個大忙，應該記一大功！」

白貓受辱的心似乎被撫平了，不再對小希糾纏。

希貝爾夫人對小希眨一下眼，讚許地笑了笑。小希明白到，白貓只能聽好話，無奈地扯了扯嘴角。她可不願一直昧着良心討好白貓，看他臉色說話啊！

接下來，他們等了整整兩小時，才輪到他們進入莊園。

其間，從大家的言談中可以知道史蒂夫深得民眾及貴族們的信任。許多人是照例每天一問，天天來見史蒂夫一面，請他給予批示或占卜。

據說請史蒂夫占卜的費用非常高，而要求他給予批示的收費則相對少很多。由於多數平民付不起高收費，他們通常只能請史蒂夫直接給批示。

「史蒂夫『發』了！收那麼高的占卜費，還住進

這麼華麗的莊園，簡直是世界上最幸福的人！」俊樂環顧莊園內部的華麗建設，嘖嘖不已地讚歎。

「你很羡慕嗎？俊樂？」

「當然羡慕啊！誰不想住這麼豪華的房子啊！」俊樂繼續豔羡地觀賞莊園的設備。

「真是膚淺。」白貓忍不住又調大了音量。

「我就是這麼膚淺的啦！想想，他這麼有錢，肯定可以每天吃美食，羡慕死我了！」

小希不禁搖頭，這貪吃的俊樂果然滿腦子都是美食。

三人一貓來到史蒂夫的起居室外，一位穿着得體的僕人過來帶領他們進室內。

史蒂夫埋首寫着東西，頭也沒抬，問道：「占卜或批示？」

「不占卜也不批示。」小希說。

史蒂夫皺一下眉，抬起頭，馬上驚叫出來：「小希！俊樂！還有白貓！」

史蒂夫興奮地從椅子上彈起，上前迎接。他兩手緊緊拉着小希和俊樂，一臉難以置信。

小希和俊樂也一樣滿頭問號，吃驚地望着個頭高了許多的史蒂夫。

「你……你怎麼突然變得這麼高大啦？」俊樂傻乎乎地問道。

史蒂夫抿一抿嘴，支開僕人們，然後才開懷地對他們說：「哈哈哈！我現在十八歲！距離你們上回來的時間，已過去五年了啊！俊樂！」

「五——」俊樂驚訝地睜大了眼，轉向小希，「小希，我們是來到五年後的立體書世界了嗎？」

小希望向希貝爾夫人，夫人緩緩點頭，說：「沒錯。」

俊樂、小希及白貓一臉訝異，想不到五年後的史蒂夫不單成為了當紅占卜師，還長成高大帥氣的模樣了！

小希想起立體書中關於這段時期的內容，忙說：「對了！史蒂夫因為化解了一場戰事，讓泰安國未戰先勝，破例被擢升為史上第一個平民男爵。」

「沒錯。國王還賜封我和母親一座薰衣草莊園，也就是你們現在身處的這地方。」史蒂夫說着，注意到小希身邊的夫人，疑惑地看着她，問道：「這位是——」

「我是艾密斯團長的母親，人們都喚我希貝爾夫人。史蒂夫，你好！」希貝爾夫人語調優雅地說。

「希貝爾夫人，您好！歡迎來到我們的世界。」史蒂夫向夫人彎腰行禮，隨即對小希說：「我每天都期盼你們再次到來，想不到一等就等了五年！」

「可是我們那邊才過了不到兩個星期啊？」俊樂

不明所以地抓抓腦袋。

「呵呵，我們透過時空縫隙，要去史蒂夫剛出生的時候也可以。」希貝爾夫人對俊樂眨眨眼。

「不，不！我為什麼要回到史蒂夫剛出生的時候？我要回到阿木跟我們剛分離的時候！」俊樂氣鼓鼓地說。他想到這一走，就跟阿木分離了五年，心裏就老大不高興！

「別氣，阿木好着呢！」史蒂夫對俊樂挑挑眉，目光朝向起居室的窗戶外，俊樂趕緊撲去窗邊。

窗外是一大片綠油油的草坪，只見一隻毛茸茸的黑色物體趴在圍欄上方，似乎悠哉地在曬着陽光。

「阿木！」俊樂喚着，不忘回頭嚷道：「快帶我去看牠！」

「你從那道門出去吧！」史蒂夫指了指起居室旁的小門。

俊樂二話不說打開門，衝了出去。

大夥兒在窗內看出去，看到俊樂跑出門後，阿木立即衝過來。這一人一疾龍開心抱在一塊兒的畫面，像是在看着一齣感人的動物電影呢！

「才過了兩星期，對阿木卻已是五年，真難為阿木了。」小希感歎地說。

「是啊！你別跟俊樂說，阿木偶爾會耍脾氣，或者像剛發現牠時那樣靜默地躺在角落，東西也吃不下，大概是在思念傻樂這位好朋友吧！」史蒂夫說。

「對了，史蒂夫，你母親艾莎夫人呢？」小希問道。

「她這幾天陪王后去遠遊。現在她每天的行程都排得很滿，不是這位伯爵夫人邀請，就是那位達官貴人款待，生活非常充實。」

小希點點頭，道：「現在的你也很充實呢，每天那麼多人來找你占卜。」

「呵！自從我通過占卜取得食物中毒案的解藥，不單貴族們競相來找我算卦占卜，民眾也找上門來。可能人們都想找一些寄託吧！」

「你真是因禍得福啊！」

史蒂夫扯了扯嘴角，說：「呵，其實我也不知道這是好還是不好。不過，現下王公貴族都十分看重我，許多事也要問過我才能做決定。」

史蒂夫的思緒回到小時候母親帶着他望向萬龍塔那一刻，他抿一抿嘴，感慨地說：「母親曾說，要我成為這世界的引領者，現在算是達成母親的願望了。她以我為傲，生活過得很開心。」

「你真是母親的好兒子。」小希若有所思地說。

「當然，母親一個人辛苦撫養我長大。沒有她就沒有我，我當然希望她開心。只要她開心，我就開心

了！」

白貓聽到史蒂夫這麼說的時候，心中隱隱感到有些不舒服，似乎哪兒不對勁。

史蒂夫看着他們，神色有些不安，說：「你們這次來，相信一定又有什麼事即將發生。」

希貝爾夫人微笑問道：「既然你曉得占卜，何不為自己算一卦？」

史蒂夫看着希貝爾夫人，抬一抬眉，說：「母親常說我是天生的占卜師，我也相信自己有天賦。有時候，我毋須占卜就能自然地感應到一些事的解決方法。但對於自己的命運，我可是一次都沒辦法預測。這可以說是當局者迷嗎？」

「能看透別人的命運，未必能看透自己的命運。這是必然的——」希貝爾夫人說着，拍拍史蒂夫的肩膀，「只要因緣具足，你便會感受到。」

「因緣具足？」史蒂夫品味着希貝爾夫人的這句話，頗有感觸。

僕人此時輕聲叩門進來，說：「男爵，還有人在外面等候。」

史蒂夫對她說：「今天就再多看兩位，其他的請他們明天再來，明天會優先讓他們看。」

僕人走出去，不一會兒，一位平民打扮的婦女跟着僕人走進來。

小希、白貓及希貝爾夫人退去一邊的沙發等候。

史蒂夫讓婦女坐下來，他看了她一眼，兩眼似乎投射出一道犀利的微光。小希擦了擦眼睛，心想：我沒看錯吧？剛才史蒂夫的眼睛是不是發光？雖然只有一瞬間……

小希繼續觀察史蒂夫的一舉一動。對於占卜，她向來不太相信，即使她親眼見識過史蒂夫占卜的實力。

只見史蒂夫微微一笑，對婦人說：「煩惱都是由心所生，你要破除我執，別想太多。」

婦人似乎很驚訝，吶吶地回道：「我……我真的不可以忍受他竟然不聽我的話，只聽他媳婦的話！難道我這個母親還要忍受一個外人？史蒂夫男爵，請你給我一個準確而直接的批示！」

史蒂夫晃了晃頭，道：「做一件平常你不願意做的事，會給你帶來好運。」

婦人得到史蒂夫的批示，非常高興地離開了。

小希不禁莞爾，原來所謂的批示是這樣的。史蒂夫的功能相當於一個心理醫生，讀出病人的困擾，然後給出一個或許可以解除心理障礙的方案。

接下來，另一位顧客走進來，那是位年輕的女子。

她照着指示坐下，問道：「史蒂夫男爵，請你幫

我看看今天走哪個方向或去什麼地方，能遇見我的心上人？」

小希聽到這問題，瞬間傻眼，白貓也忍不住湊近小希耳邊，道：「原來史蒂夫還管這種事，那不是媒婆的工作嗎？」

白貓乾笑幾聲，聽起來十分詭異。

小希將手指放近嘴邊，做出「噓」的動作，讓白貓別亂說話。

史蒂夫看一眼女子，閉上眼說：「去你平常喜歡去的地方。」

少女喜滋滋地走出去了。

「去平常喜歡去的地方？這樣也行？」白貓對於這些人如此聽從史蒂夫的話感到不可思議，「唉，看來我也能當占卜師了。史蒂夫根本就是隨口胡說的嘛！」

「女子喜歡去的地方，應該是符合她的個性和喜好。在那裏碰見的人很可能與她有着同樣的興趣。志趣相投的人，可能就是有緣人。史蒂夫給出這樣的批示，是非常合理又符合邏輯的。」希貝爾夫人解釋道。

白貓哦的一聲，似乎對夫人的解釋不太贊同。

「占卜也符合邏輯？這樣說來，占卜學也是科學嗎？」小希好奇地問，「占卜是否真的具有讓人趨吉避凶，甚至改變一個人命運的力量？」

「所謂科學，是綜合歸納了許多經驗和驗證而得出的推理或理論。占卜學也一樣綜合了前人的經驗和智慧來給予批示，從這方面來說，占卜是科學。但占卜與一般科學又有不同，占卜學裏頭包含着未經驗證的事物，比如預示結果和解決方法。它包涵了心靈層面及普通人很少接觸的非自然部分，這就不屬於科學了。」

小希摸摸下巴，思索道：「非自然部分……好玄啊…… 」

「對的，占卜也屬於玄學。」希貝爾夫人笑了笑，說。

「既是科學又是玄學，好像有點矛盾…… 」小希皺起了眉頭，她還是第一回聽到這樣的話。

「很多事都是矛盾的。」

這時史蒂夫收拾好占卜用的桌子，轉過來對他們說：「就像我喜歡看恐怖戲劇，又怕看恐怖戲劇；喜歡吃辣又怕辣。」

說着，史蒂夫過去打開通往草場的門，喚阿木及俊樂過來。

「我讓僕人準備了食物給你們。」

「食物？」俊樂一聽有東西吃，就連跑帶跳地蹦進門內，「你準備了什麼好吃的給我們？」

「多着呢！有紅燒梅子魚、香味炸雞——」史蒂夫還未説完，就被外面的吵雜聲打斷了。他皺皺眉頭，正要問僕人發生什麼事時，僕人卻驚慌地走進來，叫道：「不好了！爾錦國的人硬闖進來了！」

史蒂夫一聽，神色大變，問道：「他們來做什麼？」

小希想起立體書中所述，在與爾錦國一役中，史蒂夫給予國王占卜提示，令敵人不戰而敗。

「我們來到這個時段，跟爾錦國這戰敗國有什麼關係呢？」小希心想着，對於這次透過時空縫隙來到立體書世界的任務，她可是半點兒頭緒都沒有。

她來不及詢問希貝爾夫人，外頭的敵人已經衝進來！

「士兵呢？我們莊園的士兵呢？」史蒂夫氣急敗壞地説。

被逮住的莊園管家回道：「剛剛他們混進來排隊占卜，我們莊園的士兵沒有加以防備，現在都被捆綁在大廳……」

一位貴族打扮，穿着得體服飾的男子舉起劍，對史蒂夫説：「沒有人會來救你，史蒂夫！」

史蒂夫瞄了他們一眼，其他人似乎以他馬首是瞻，看來這男子應該是他們的將領。

「你是誰？」史蒂夫問。

「我？我是爾錦國的費米將軍！快跟我們回去！」

「回去？我為什麼要跟你們回去？」史蒂夫昂首說。

「你害我們國家生靈塗炭，必須做出補償！」喚作費米將軍的人憤怒地怒吼道。

「我怎麼害你們國家生靈塗炭？你別隨意栽贓！」史蒂夫正氣凜然地回應。他自認利用占卜讓國家未戰先勝，不損士兵性命，是非常正確的事。

「你難道不知道戰敗國必須將國庫全貢獻出來，才能換回我們的王子嗎？失去了國庫，偏偏遇上大旱災，我們國家人民死了超過一半！而你，就是罪魁禍首！」

「死了超過一半？」史蒂夫不可置信地重複。

「哼！你們因為竊取我國的財富，安然度過旱災！是爾錦國人民救了你們！我們的死傷造就你們的繁盛！」

史蒂夫目瞪口呆，他沒想過自己的占卜會釀成爾錦國的悲劇，更沒有想到國家的富足是剝奪了爾錦國的錢財換來……

「我後來才知道正是因為你的占卜，預測到我們王子的突襲地點，事先在井水下藥。我軍喝了井水昏迷過去，才讓你們有機會擄走我們的王子。然後你們再卑鄙地利用王子，逼迫我們未戰先降！」

「讓你們未戰先降，是為了不殺一兵一卒即可結束戰爭啊……」史蒂夫怔怔地說。

「別貓哭老鼠假慈悲了！還不快把他帶回去！」爾錦國的費米將軍喝令着，部下們趕緊過來帶走史蒂夫。

「不行，你們不能帶走他！」小希大着膽子衝到史蒂夫跟前，對費米將軍說。

費米將軍打量小希，問：「為什麼不能帶走他？你是誰？」

「我……我們是史蒂夫男爵的朋友。」

費米將軍斜睨小希他們一夥人，嘴角歪了歪，下令道：「把他們一併帶走！」

於是乎，小希、俊樂及希貝爾夫人，白貓還有阿木都被帶上有蓋貨車，匆匆趕回爾錦國。

16 橫渡泰爾河

小希一行人在相當寬敞的有蓋貨車內，被反綁住雙手雙腳，嘴巴雖沒用布塞住，但敵人費米將軍讓兩名部下舉着劍指向他們，使得大夥兒靜靜的，不敢作出任何反抗。

白貓被放進一個木製籠子，活動範圍小得讓他忍不住想抗議，可是看到阿木龐大的身軀被擠壓在一個鐵籠子內，毛髮都蹦出籠外，白貓也就忍下牢騷，讓自己睡一下補充精力。

馬兒拖拉着沉重的貨車，在顛簸的山路上前進，看來他們是繞小路行走以防被泰安國人發現。

薰衣草莊園內的僕人及士兵都被反鎖在莊園的其中一個房間，泰安國最快也要等到明天一早，人們到薰衣草莊園尋求占卜時才會發現史蒂夫被抓走一事。

有蓋貨車走了半天，途中一刻也不停留。小希被晃得渾身不舒服，又熱又暈。此刻的她竟然希望快快抵達爾錦國，不用再受這舟車勞頓之苦。

俊樂更是餓得頭昏眼花，像進入彌留狀態的病人，靠在史蒂夫的肩膀上，發出夢魘般的呢喃：「餓……」

突然，俊樂兩眼一亮，整個人坐直了。大夥兒被他突如其來的動靜嚇着，目光聚集在他身上。

「怎麼了，俊樂？」小希問。

俊樂興奮地說：「我口袋裏有糖果啊！我怎麼沒想到呢？」

原來俊樂逃出來時，從冰箱順手拿了包糖果，眼下沒有東西果腹，正好可以解饞。

「請你們幫個忙，拿給我和夥伴們吃吧！」

部下們看看費米將軍，見他沒有點頭，便不理會俊樂。

「呃，我當然也會請你們吃！」

部下們還是不為所動。

「這糖果非常好吃！是我爸爸特地從國外帶回來的，你們一定沒吃過！」

「沒吃過又怎樣？」費米將軍這時開口了。

「哎呀！沒吃過當然就得吃吃看啊！這麼美味可口的糖果，擔保你一吃就停不下口，回味無窮！」

費米將軍皺了皺眉，道：「真有那麼好吃的糖？」

俊樂拚命點頭，說：「你不吃肯定會後悔！」

費米將軍挑一下眉，指示其中一個部下過去。

「在這個口袋……對，就是這個。」俊樂用眼神示意部下從褲子右側口袋取出一包東西，「這包糖就是我爸爸特地從加國買給我的特產，快撕開包裝！」

那名部下撕下糖果包裝，看到裏頭那一顆顆褐黃色、直徑約五毫米的圓形物體，拿了顆遞給費米將軍。

費米將軍把圓滾滾的糖果舉到眼前仔細觀看，問道：「這就是你說的，不吃肯定會後悔的糖？」

俊樂又拚命點頭。

大夥兒看着費米將軍將糖果放進口裏，然後慢慢地蠕動嘴巴……

他突然閉上眼停止了咀嚼的動作，接下來吞咽一下。到他再睜開眼時，好像變了個人般，兩眼充滿笑意，高興地咧開嘴說：「嗯！好吃！好吃！來，你們也快吃一顆！」

部下們聽從指示，拿了顆糖果放進嘴裏。下一秒，三位部下都露出一副心滿意足的模樣。

俊樂趕忙說：「嘿，早說你們不吃會後悔的啦！現在你們都吃過了，快分給我們吃吧！」

拿着糖果的部下面露微笑地將糖果一一分給小希、俊樂、史蒂夫及希貝爾夫人。

「還有白貓和阿木！」俊樂提醒他道。

部下這才分給兩隻動物各一顆糖。

一時間，車內鴉雀無聲，卻充滿了無比愉悅的氛圍，大夥兒難得地顯露幸福的笑顏。

過了幾分鐘，糖果咀嚼得差不多了，俊樂才說：

「幸好我帶了糖果來。」

「你這糖果是哪裏買的？還有嗎？」費米將軍有點不好意思地問道。

「在加國，是加國最有名的楓糖糖果。這裏可找不到呢，對不起了！」俊樂眨眨眼，道。

「真的買不到？」其中一名部下說。

俊樂搖搖頭，說：「沒辦法，除非網購吧！」

「網扣？什麼來的？」費米將軍疑惑地問。

「呃，總之，暫時沒辦法買到。不好意思啦！」俊樂說。

費米將軍和部下一副失落不已的模樣，反而讓俊樂有些過意不去。

空氣中瀰漫一股傷感的氣氛，於是他轉移話題道：「快要到你們的國家了嗎？」

費米將軍瞄他一眼，冷冷地說：「就算你請我們吃糖，我也不會放了你們。」

「我可沒有說讓你放了我們！問一問不行嗎？」俊樂努努嘴，心裏卻嘀咕道：「小氣鬼，早知道不請你們吃糖。」

「有什麼好問的，到就到，沒到就等一等咯！」

費米將軍嘴上雖這麼說，卻朝外面看了看，道：「前面會經過一條河，過河後就到了。現在天色不早，得快趕路！天黑可無法過河！」

前方御馬的車夫聽見了，連忙甩一下馬鞭，催促馬兒加速前進。

果然，過了一個隘口，一大片開闊的河流景觀呈現眼前。

坐在最前頭的俊樂伸長脖子，看傻了眼，吶吶說道：「這河也太大了！」

「這條河位於泰安國及爾錦國的邊界，是兩國著名的邊界河，名叫泰爾河。」費米將軍摸了摸鼻子，隨口解說道。

「那不是跟楚河漢界的界河一樣？」小希不禁脫口而出。

「你說什麼？」費米將軍看向小希，小希趕緊說：「沒什麼，我只是覺得這條泰爾河很壯觀。」

「的確。這條河是兩國的分界，地勢險要，使任何一國要拿下另一國都不容易。」

這時天空突然響起了一陣雷鳴，轟隆轟隆的。

費米將軍眉頭緊皺起來，道：「不好，要下大雨了！」

「為什麼不好？下雨不好嗎？天這麼熱。」俊樂不明所以地問道。

「下大雨會令泰爾河水位漲高，加上接近傍晚，河口附近又因為漲潮而湧進海水，到時候我們就無法過河了！」

費米將軍大聲吩咐道：「快！我們一定要過河！」

有蓋貨車疾速前行，馬兒被鞭打得厲害，發出連串嘶鳴聲後急速奔馳。

小希緊挨着希貝爾夫人，擔心她因為貨車顛簸而導致不舒服，希貝爾夫人卻說：「我沒事，不過如果真的要大家沒事，還是暫且不渡河吧！」

俊樂一聽，立即對費米將軍說：「夫人說的話很有道理，我們還是不要強行渡河啊！」

「不行！我們一定要趕在今晚八時前渡過泰爾河，王子早已在對岸等着我們歸來。」費米將軍堅決地說。

「不，不！你不明白，這位夫人的話你一定要聽，她不是普通的普通人。」俊樂說着似是而非的話，費米將軍撇撇嘴，無視俊樂的勸說，下定決心繼續前進。

「怎麼辦？希貝爾夫人，我們不會發生什麼事吧？」俊樂擔憂地問。

希貝爾夫人笑了笑，沒有回答。

「俊樂，我來幫大家占卜吧！」史蒂夫這時說。

「啊？占卜？好啊！」俊樂馬上就被分散了注意力，將擔憂拋於腦後，一股腦兒地湊近史蒂夫身邊。

史蒂夫將捆綁的雙手伸出，費米將軍撇撇嘴，指

示部下解開繩子。史蒂夫從皮箱取出一個精緻的小木盒，小心翼翼地掀開木盒的蓋子。三顆大小一致、顏色透徹亮麗的八面骰子在盒子內躺着，骰子每一面都畫上類似占星的符號或數字。

俊樂兩眼都睜大了，他對這些精緻新奇的東西最沒有抵抗力！

「哇！好漂亮的骰子！好想收藏呢！史蒂夫，你賣不賣這些骰子？」

史蒂夫晃晃頭，道：「這些都是家傳之物，不可賣。對不起了，俊樂。」

俊樂悻然地低下頭，但隨即又興致勃勃地盯着史蒂夫的舉動。

只見史蒂夫把木盒內的三顆骰子拿出來，然後抓一下木盒底部，想不到竟然給他抓出個更小的盒子來！

「哇，這是在變魔術嗎？」俊樂嘖嘖稱奇地叫起來。

小希和費米將軍不約而同地「噓」了一聲，讓俊樂別干擾史蒂夫。

史蒂夫將三顆骰子放進更小的盒子，合上眼睛。雖然貨車激烈顛簸着，史蒂夫居然能如冥想那樣安詳地坐着。

半晌，他睜開眼，將小小盒子用力晃了兩下，然後打開盒子！

大夥兒湊頭圍觀，看到三顆骰子向上的那一面呈現出三種符號與數位組合。

史蒂夫想了想，說：「這組合是冒險卦象。渡河有風險，但會有意想不到的收穫。」

「冒險？」俊樂咽一下口水，道：「那是不是會有生命危險？」

這時費米將軍拍一下俊樂的後背，使俊樂差點兒撲倒向前。他哈哈大笑說：「男兒志在四方，冒險是必然的！怕什麼？」

費米將軍異常振奮地走去前方繼續指揮車夫加快前進，下一秒，大雨淅瀝淅瀝落下來了！

路上泥漿噴濺上來，部下們忙着放下貨車的帆布，但雨水還是從各個方向噴灑進來。

「看來坐在車裏也會變落湯雞啊！」俊樂說着，突然做出作嘔的動作，大概貨車晃動得厲害導致暈車。

「俊樂，你沒事吧？」小希擔憂地說，並轉向費米將軍道：「請把我們的繩子都解開吧！再這樣下去，我怕過河時大家都葬身河底！」

費米將軍眯起眼想了想，吩咐部下：「解開吧！反正他們也逃不掉！」

於是，部下們幫大家鬆了綁。

小希對費米將軍說：「還有他們呢？」

費米將軍向阿木及白貓的方向抬一下頭，部下們也過去將他們倆的籠子打開來。

「阿木！」俊樂趕緊過去慰問朋友，「你沒怎麼樣吧？」

阿木「哞哞」地發出聲響，似乎很開心的樣子。

白貓白一眼小希，老大不高興的模樣，小聲嘀咕道：「我這女兒真是白養了，一點兒都不擔心老爸！哼！」

小希瞅了瞅白貓，不自然地乾咳一聲，轉而對費米將軍說：「謝謝你！」

費米將軍也極不自然地回應：「謝什麼？待會兒就有你們受的！」

小希抿抿嘴，暗笑道：「這費米將軍原來是嘴硬心軟。」

費米將軍神色突然凝重起來，貨車也在此時停下來了。

小希瞄到外邊的黃色河水，泰爾河就在眼前！雖然手腳自由了，但眼下他們即將面對更大的兇險！

費米將軍站到車夫後邊，舉起手指揮道：「渡河！」

車夫鞭笞着馬兒走進河水，馬兒每走一步都要吃一記鞭子。

俊樂顫顫巍巍地站起來往外看去，黃黃的河水滾滾流淌着，而河水的寬度比他想像的還要寬廣許多。

他對阿木說：「我們一定要安全過去對岸。」

「哞——」阿木回應着，頭側着蹭了蹭俊樂臉頰。

這時馬兒繼續往越來越低的河牀前進，河水已經上升到牠們的腹部。

小希看着高漲的水位，擔憂地問希貝爾夫人道：「河的中央應該是最危險的地方吧？」

希貝爾夫人卻異常淡定地說：「放心，不是有阿木在嗎？」

「阿木？」俊樂看過來，困惑地問阿木：「阿木，你會游泳嗎？」

阿木哞地晃一下頭。

「阿木又不會游泳，牠在又能怎樣呢？」俊樂不明所以地問道。

希貝爾夫人但笑不語。

這時費米將軍吆喝道：「繼續前進，絕對不能讓牠們回頭！」

河水和着上流沖下來的枯樹枝及斷掉的枝幹流動過來，擊在馬兒身上，使牠們發出悲鳴，頻頻想轉回頭。但車夫吆喝着、緊拉着韁繩，不讓牠們因為驚嚇而亂了陣腳。

「馬兒太可憐了！」小希不忍看下去，轉向白貓問道：「有沒有辦法幫到馬兒？」

白貓聳了聳肩，發出慵懶的貓叫聲。

「唉！問你也是白問。」小希憂心忡忡地望向艱難前進的馬兒。

這時馬兒陡然高聲嘶鳴，大夥兒驚慌得站了起來！剎那間，只看到馬頭在水面上，而河水一下子湧進貨車裏來了！

「不要慌！大家不要慌！這河牀剛好有個凹陷，不會更深了！」費米將軍搖搖欲墜地站在貨車前方吆喝着，「我們一定可以撐過去的！」

「怎麼撐？」俊樂驚恐地看着淹至胸部的河水，大叫道：「難道要我們在水裏憋氣？我可不會游泳啊！」

阿木趕忙過來馱着俊樂，讓他的身子露出水面多一些。

史蒂夫及小希一手抓緊貨車支架，另一手攙扶着希貝爾夫人，擔心她老人家不小心滑出車外。

費米將軍及部下們也各自抓住貨車支架，才不至於被疾速的河水沖走。

白貓這時不在車內，他已跳到貨車蓋子上方，俯視着周遭的滾滾黃河。看來這次渡河，唯有他最悠哉了。

馬兒驚慌地仰高着馬頭前進，水花噴上牠們的眼睛，導致牠們更加難受。

眼看貨車已經快沉下去，白貓突然全身緊繃。緊接着，他跳進車內朝阿木大聲嗷叫，氣焰囂張。阿木那烏黑的眼珠子轉了轉，感受到白貓的惡意，也齜牙咧嘴地吼回去。

「阿木，你別理他，他是故意招惹你的！」俊樂趕緊安撫阿木。

小希則責備白貓道：「你別故意刺激阿木，我們現在的景況還不夠狼狽嗎？貨車隨時沒頂，到時大夥兒就一起沉屍河底了！」

白貓仍舊費力吆喝，挑釁阿木，見阿木沒有動作，他奮而跳到阿木頭上。阿木這下真的發怒了！疾龍最不喜歡被人按壓頭部，更何況踩到牠頭頂上？

阿木憤怒得顧不得俊樂，一把甩開了他，拍動雙翅迎向白貓！

白貓身子靈活地彈跳幾下，在貨車內蜻蜓點水般跑動着，阿木根本夠不着他，便發狂地喘着粗氣，一身濕透的烏黑毛髮顫抖着。

一旁的眾人忙着保護自己，免被這場激鬥波及，整個貨車內亂成一團。白貓冷哼一聲，跳出貨車，一下竄到車頂！

俊樂邊抓緊貨車帆布邊緊張喚道：「阿木，別追！」

唯阿木怒紅了眼，已迅速追了出去！

牠追出去時衝力過大，來不及抓住帆布即滑出河面……

「阿木！」俊樂着急地大叫。

阿木嚎叫着，發出巨大的哞哞聲，龐大的身軀漸漸沒入水底！

17 爾錦國的糖蜜生機

俊樂親眼看着阿木即將沉入水裏，漲紅着臉拚盡力氣大聲嘶吼，但他喊得再大聲也無法拯救阿木。阿木的叫聲越發微弱，牠掙扎着一寸寸落入水面，最後整個沉了下去，黑色的毛髮漂浮在河面載沉載浮……

俊樂此刻卻來不及哀傷，因河牀陡然凹陷下去！黃泥水迅速灌入車內，轉瞬間眾人就要溺死！肩負着眾人性命的馬兒早已被河水淹沒，掙扎着仰天長嘯，四肢碰不着河牀的牠們在水內慌亂地划動着！

貨車劇烈擺動，快要翻覆過來……所有人驚慌地大叫起來，想要逃離貨車，但來不及了，整輛貨車已驟然傾倒——

説時遲那時快，一道外力及時推動貨車，將貨車擺正過來！

不一會兒，馬兒又踩着地了，牠們在車夫及費米將軍的鞭笞下回歸正確的方向，繼續往河對岸前進。

小希狼狽地往車外看去，只見阿木在後方用頭部頂着貨車，雙翼在急速划動。

「原來是阿木救了我們！阿木在推着貨車前進

呢！」小希驚喜地說。

俊樂一邊用腿勾住貨車的支架，一邊把頭伸出車外，看到阿木努力推動車子的模樣，既感動又高興，驕傲地說：「阿木會游泳！幸虧有阿木，不然大家都要死了！」

俊樂艱難地慢慢走向貨車尾端，對阿木說：「阿木，謝謝你！」

阿木哞哞叫了兩聲。

「原來你會游泳，怎麼不早告訴我呢？」俊樂坐到貨車尾端，雙手緊抓住帆布，對阿木說。

阿木晃一下頭回應道。

「你也不知道自己會游泳嗎？」俊樂嘖嘖稱奇地望向車內的小希他們。

史蒂夫這時笑了笑，說：「白貓剛才是故意激怒阿木的吧？他應該知道阿木會游泳。」

白貓這時靈巧地從車頂跳下來，慢悠悠地喵喵叫了兩聲，似乎一臉懵懂，對剛才的事什麼都不清楚。

小希看到希貝爾夫人露出神秘的笑意，湊過去小聲問她：「剛才白貓發揮了糾錯之靈的能力，對嗎？他應該也不知道自己為何要對阿木發脾氣吧？」

希貝爾夫人再次笑而不語。

「你剛才說『不是有阿木在嗎』，看來你早就知道阿木會游泳，還會拯救大家，對吧？」小希問。

希貝爾夫人答非所問：「阿木是一種具有神性的特別生物。你們真難得，跟牠有如此緣分。」

「神性？」小希不明白希貝爾夫人所指的神性是什麼，她看着阿木，並沒覺得阿木有何特別之處。

阿木望向白貓，黝黑的眼珠閃現火光，牠似乎仍在動氣。

結果，在阿木的幫助下，大夥兒成功抵達對岸，進入爾錦國的疆界！

「終於到我們國家了！現在安全了，哈哈哈！我們達成任務的第一步了！哈哈哈哈！」費米將軍着車夫把貨車拉上岸，當他站上爾錦國疆土時，意氣風發地豪邁大笑，部下們也附和地歡呼着。

對於爾錦國的這位費米將軍，小希打從心底尊敬，雖然他的身分是敵人。

阿木濕漉漉地爬上岸，甩乾身上的水，朝俊樂哞哞叫了幾聲。

俊樂開心地抱緊牠，連聲道謝。

費米將軍此時走過來，他伸出手正要觸摸阿木頭部，卻馬上被史蒂夫阻止了！史蒂夫抓住費米將軍的手，說：「疾龍最討厭被人觸碰頭部，請一定要記住！」

將軍懊惱地後退一步，讓史蒂夫放開他，原本緊

皺眉頭的他突然咧開嘴大笑道：「還以為你想跟我切磋，我差點兒就對你出手了！哈哈哈哈！想想也是，你怎麼可能敢跟我出手，哈哈哈！」

他那爽朗的笑聲感染了大家，大夥兒都難得地笑了。他望向阿木，說：「你叫阿木是吧？來，上車！」

阿木乖乖地攀上車，當各人坐好，費米將軍即吩咐車夫啟程。

馬兒拉着貨車在鬆軟的沙土上穩步行進，雖然緩慢，卻讓大家很安心。車裏的人不約而同地呵一口氣，然後又有點尷尬地相視而笑。他們剛剛才經歷一場生死交加的場面，能活着已經是值得慶賀的事了！

「過了這片沙土路，王子殿下將在那裏等着我們。」費米將軍目光瞄向史蒂夫。

俊樂對於爾錦國王子抓來史蒂夫的事感到困惑不已，問道：「到底你們的王子要史蒂夫怎麼補償？難道要史蒂夫把家裏的財產都送給你們？但那也只不過是杯水車薪，救不到你們國家那麼多的人民啊！」

小希陡然聽見俊樂說出那麼正確又頗有難度的成語，禁不住挑了挑眉，說：「這『杯水車薪』用得很好，俊樂！」

俊樂不好意思地摸摸頭，道：「嘿嘿！哪裏哪裏！」

費米將軍扯了扯嘴角，晃晃頭說：「我們國家要他那點財產做什麼？當然不可能。」

史蒂夫這時轉過身面對費米將軍，正色道：「只要我能做到的，一定盡力補償。」

費米將軍似乎也感受到史蒂夫的誠摯，他坦誠地說：「實不相瞞，我並不知道具體要你怎麼補償。一切還是等到你跟我們的王子碰面後，讓他親自對你說吧！」

接下來，所有人也不再多言，一路靜默地坐在車內，也許是大家都疲累了。

行進了半小時後，馬兒走得快了些，根據費米將軍所說，那是因為即將經過一片「黑森林」。

「黑森林？是不是童話故事裏頭所指的黑森林？童話裏說黑森林住着可怕的巫婆，難道這兒也有巫婆？」一向膽小又怕事的俊樂問道。

費米將軍清了清喉嚨，說：「我不知道什麼巫婆，不過我國人民經過這裏時都會趕緊離開，尤其是夜晚，因為——」

「因為什麼？」俊樂着急地咽一下口水，問道。

「因為這裏的樹都長得很黑，走在裏頭，就像來到黑色森林一樣，傳說這裏曾有黑色樹怪出沒……」

「哇！黑色樹怪是什麼？」

「不知道，誰都沒見過。」費米將軍聳聳肩道。

白貓嗤之以鼻地發出一聲冷哼，心想：一個將軍也這麼膽小，當什麼將軍？

白貓不知道方才他休息時不小心觸碰到音量按鍵，因此剛剛他心裏想的話，大夥兒都聽見了！

「誰？誰在說話？」費米將軍走過來橫視大家。

小希趕緊將白貓抱過來，邊扯開話題邊調整他頸項上的音量：「對不起，我是開玩笑的，請你別見怪。」

「是你說的？怎麼一點兒都不像你的聲音？」費米將軍懷疑地瞅着小希。

「真的是我——」小希未說完，一道洪亮的聲音在她旁邊響起！

「我才不是開玩笑！」

這回總算聽清楚聲音從哪兒傳來了，眾人都怔怔地看着白貓。

小希慌亂地伸手過去想將音量調小，嘀咕着：「對不起，我不小心把音量調大了……」

費米將軍看到發出聲音的是隻貓，不可置信地說：「會說話的貓？你——是妖怪？」

「你才是妖怪！」白貓說着，突然全身毛髮抖動一下，雙目放出青光。

「糾錯之靈又發揮作用了？」小希邊說邊抱緊白貓，但白貓矯捷地從小希的懷抱中竄開去。他站到貨車尾端，繼續「胡言亂語」：「國家戰敗了就把過錯推給一個占卜師，虧你敢說自己是爾錦國的將軍！那個王子看來也不是什麼好東西，居然叫人把敵國的占卜師抓來！是要他給你們占卜會不會挖到寶藏嗎？」

「你！就算你是妖怪，也不能這樣侮辱我們的王子！」費米將軍氣憤地拔出劍來，小希忙勸說道：「你別氣，他會突然這樣亂說話是有原因的，你聽我說——」

「走開！誰要是擋着我，受了傷可別怪我！」費米將軍說着，吩咐道：「快把妖怪拿下！」

白貓哪會乖乖束手就擒？他一個縱身就逃之夭夭了！

費米將軍讓貨車停下，吩咐部下們去搜尋「貓妖」。

小希還在想方設法對費米將軍解釋，但費米將軍一概不聽，他對小希等人放話：「我身為爾錦國的子民，必須維護國家的聲譽。你什麼都不用說！」

小希着急得猶如熱鍋上的螞蟻，擔憂地說：「怎麼辦？白貓不會不回來了吧？這裏可是令爾錦國人民害怕的黑森林……」

「希貝爾夫人，你知道白貓會回來嗎？」小希殷切地期盼夫人的回答。

希貝爾夫人一貫從容淡定的面容，說：「事情的

發生都有原因，你不是知道了嗎？」

「哦，你的意思是說，果真是糾錯之靈在發揮作用……可是，我還是有點怕，天快黑了……」

「小希，你別太擔心，白貓應該不會這麼巧，碰到黑色樹怪的啦！」俊樂本想安慰小希，但他這麼一說，反而讓小希更加擔心。

不一會兒，部下們回來了。大家兩手空空，一無所獲。

「呼！居然讓牠跑了，不過——」費米將軍看看暗下來的天色，道：「算了，王子殿下在等着我們。走吧！」

「不，費米將軍，請你讓我們去找找白貓吧！我一定會把他帶回來！」小希懇求道。

「不行，不能再拖下去了。我們走！」

貨車馬上就要離開，這時史蒂夫說：「我來算個卦吧！」

小希欣喜地看着史蒂夫，道：「對！有史蒂夫的占卜，我們一定很快找到白貓！」

「對啊！求求你等一等我們吧！白貓對她來說，真的很重要！」俊樂也幫忙哀求道。

小希等人期盼地看着費米將軍，將軍果然心軟了，道：「僅給你們半個時辰，但史蒂夫必須留在這裏。」

「沒問題，半個時辰夠了！」小希充滿信心地看着史蒂夫。

史蒂夫打開皮箱，從中取出一個羅盤狀的東西，上頭畫着複雜的方位術語及符號。

「這是預測事物走向的羅盤。」史蒂夫説着，將羅盤遞到小希跟前。

小希望着星羅棋布的星星狀小珠子，問道：「這些銀色小珠子是什麼？」

「其中一個是關於白貓的線索。」史蒂夫説着，全神貫注地盯着羅盤。

大夥兒見史蒂夫如此專注，大氣都不敢喘一聲，屏息等候着。

突然，某顆小珠子動了一下，俊樂不禁叫出聲來，然後趕緊捂住嘴。

小希發現那小珠子圍着羅盤緩慢繞圈，偶爾停頓一下，忽而又動了起來，繼續沿着不同方位移動。最後，小珠子在一個方位術語前停下。

史蒂夫這時挪近羅盤，仔細觀察珠子停駐的方位，説：「白貓現在就在黑森林裏面，往西北方走便能找到他。」

史蒂夫將羅盤交給小希，説：「你拿着它辨認方位。」

「嗯！謝謝你！」

小希接過羅盤，立即和俊樂、阿木行動起來。希貝爾夫人則說：「我留下來就好，反正你們很快就回來。」

小希覺得希貝爾夫人話中有話，但沒時間猜測了。

他們往費米將軍所指的方向前進，大約十分鐘就來到一片茂密的樹林前方。

「這就是黑森林？可是這兒的樹一點兒都不黑啊！」俊樂困惑地發出疑問。

「走吧！」小希拿出羅盤，依照方位指示走進所謂的「黑森林」。

黑森林的樹木高聳入天，小希邊走在高大的樹木底下，邊察看羅盤。羅盤微微顫動，代表白貓的小珠子似乎也在慢慢移動。

「我們距離白貓不遠了，快走！」

小希拿着羅盤快速前進，阿木和俊樂不敢怠慢地緊隨小希身後。

有些地方樹木緊密交錯，小希他們必須繞去另一個方向才能繼續往西北方前進。而代表白貓的銀色小珠子也在不定地晃動着，小希必須打起十二分精神來觀察。

他們距離銀色小珠子越來越近了，小希雙腿不禁快速跑動起來。

拐過幾株大樹背後，他們果然發現了白貓的蹤跡，小希大叫道：「白貓！」

白貓沒看過來，繼續左竄右跳地向前跑，小希趕忙追上去！

跑了一段路，大夥兒都喘息不已，而白貓終於停了下來。

俊樂喘口大氣，看一看四周，訝然叫道：「這裏的樹好黑！」

小希這才發現他們眼前是一大片烏黑的樹林。

「難道這裏才是真正的黑森林？」小希說着忐忑地走上前，對白貓說：「快跟我們回去吧！費米將軍快要把車開走，到時我們可回不去原來的世界了！」

白貓沒有回答，只背對他們，朝着其中一棵黑樹衝撞過去！

砰！白貓應聲倒下。

「喂，你做什麼？」小希緊張地跑過去查看。白貓倒在樹下，頭部似乎起了個「高樓」。

「好端端的撞什麼樹？」俊樂不明所以地看着眼前的一切，然後他似乎發現了什麼，瞳孔瞬間放大！

「俊樂，怎麼了？」小希縮了縮肩膀，左顧右盼，她可不想在這時候碰見黑色樹怪啊！

俊樂皺着眉頭朝四周用力地吸一口大氣，他那靈敏的鼻子好像聞到了什麼，大呼道：「是這個了！」

「什麼？俊樂，你到底在做什麼？」

俊樂沒搭理小希，他繼續嗅着走，在白貓撞擊的那棵大樹旁停下來。他拍打樹幹幾下，然後仔細觀察剛才被白貓撞出一道裂縫的地方。

俊樂趨近那裂縫，聞了聞，繼而咧開嘴興奮地喊道：「就是它！就是它啊！」

小希還是沒搞懂俊樂在說什麼。

「小希！白貓會帶我們來這裏，還有撞向這棵黑黑的樹，是因為這些樹是寶啊！」

「寶？俊樂，你就別兜圈子，快說清楚吧！」

俊樂喚阿木去摘下幾片黑色樹葉。

「你瞧！」俊樂遞給小希一片樹葉，說：「這樹葉看似黑色，但其實是暗紅色。我爸爸從加國回來，曾經帶了這些特別的樹葉給我。」

「這麼說，這看起來黑黑的樹跟加國的是同一種樹？」

俊樂用力頷首，道：「對極了！」

「剛才你跟費米將軍說，你爸爸從加國帶回了楓糖糖果……」小希突然領悟過來，大叫道：「這是產楓糖的楓樹！」

「正確來說，這是黑楓。」

這時白貓也醒覺過來，他撫着「起高樓」的額頭，問道：「難道這就是爾錦國的寶藏？」

小希一聽，恍然大悟：「原來能幫助爾錦國恢復生機的，就是這黑楓！」

小希開心地對俊樂說：「俊樂！費米將軍和士兵們不都很喜歡你給他們吃的糖果嗎？現在有了這些黑楓，就能自己收集楓樹汁液，熬製成楓糖！這可是筆大生意、大買賣啊！」

「嗯！他們可以吃到楓糖糖果，那我就不用操心怎麼網購給他們了，嘿嘿！」

大夥兒開心地跳着叫着，阿木雖然不太清楚是怎麼回事，但也挨到黑楓樹旁，吸吮着充滿原始木質香氣的黑楓樹汁呢！

接下來，小希與俊樂用暗紅色的大片楓葉，盛了些黑楓樹汁給費米將軍嚐嚐，並讓他轉告王子關於黑楓能提煉出楓糖的「生意」。

於是乎，他們這一回不單順利地幫助史蒂夫解除誘拐危機，並且成功化解了爾錦國與泰安國之間長久以來的仇恨。

* * *

歸途中，阿木對於離開俊樂似乎不能釋懷，頭部低垂地左右擺動着，俊樂同樣依依不捨地拉着阿木的短小羽翼。

「好了，俊樂。我們該走了！」小希拍拍俊樂的肩膀說。

俊樂皺着眉頭望了阿木一眼，阿木似乎讀懂了俊樂眼中的意思，哞地長長叫了一聲。

史蒂夫對小希說：「我不知道以後會怎麼樣，唯一可以確定的——你們是來幫助我和母親的。」

小希心中閃過立體書中關於史蒂夫的悲慘結局，她抿一抿嘴，道：「答應我們，要好好活着。」

史蒂夫赫然一愣，小希的話似乎觸碰到他內心的某些感覺。

他點點頭，回道：「雖然我不太明白你話中的含義，不過我答應你們。」

史蒂夫眼神帶着一絲溫柔，展開難得一見的和煦笑容，那如陽光般燦爛的俊朗臉龐讓人不禁想多看幾眼。

小希跟史蒂夫揮手道別，隨即跟着希貝爾夫人進入薰衣草莊園外的時空縫隙。

白貓及俊樂依次進去，但就在時空縫隙快要消失前，俊樂回頭看了阿木一眼，阿木意會過來，竟往那逐漸縮小的時空縫隙跳了進去！

史蒂夫驚叫着，眼睜睜看着阿木及時空縫隙一同消失！

「怎麼辦？阿木不是不能去他們的世界嗎？牠會不會被發現？」史蒂夫吶吶地站在原地，發呆了好一會兒才緩緩走回莊園。

18 俊樂與阿木的秘密堡壘

「俊樂，你怎麼叫阿木進來時空縫隙？你明知道牠不可以來我們的世界，牠會被抓起來做研究的！」小希一抵達學校附近的河岸就對俊樂嘀咕不停，但俊樂壓根兒沒聽進小希的話，他在想着怎麼才能順利將阿木帶回家而不被人發現。

「你到底有沒有聽到我說話？」小希被惹惱了，少有地對俊樂吆喝。

「不來都來了，小希，你就快點幫俊樂想想該怎麼藏起阿木吧！」白貓這會兒竟然也幫着俊樂說話，小希覺得快瘋掉了！要知道藏起一隻體積如此龐大的生物，不，阿木對地球人來說應該屬於「怪物」，這根本就不可能。

小希唯有向希貝爾夫人求助，誰知希貝爾夫人毫不理會她的請求，還說：「這是你們跟牠的緣分。我相信你們此前也遇過很多有緣人，難道你想不到解決的辦法嗎？」

「有緣人？」

小希的腦筋似被彈了一下，腦海浮現出某房子的影像！

「綠色樹屋*！」小希大聲說道。

「對啊！綠色樹屋！永哥以前住過的廢棄房子！小希，你真是天才！不愧是現代福爾摩探啊！」俊樂誇張地稱讚小希，但小希被逗得笑了起來，更正俊樂道：「你是想說現代福爾摩斯吧？」

「對，對！你是現代福爾摩斯！」

「別瞎說了，我剛剛完全沒用到推理，只是剛好想起有這麼一個地方。」

「哎，總之最重要的是，現在終於找到阿木的藏身之所了，不是嗎？快走吧！」

俊樂迫不及待地就要拉阿木走，但白貓懶洋洋地說：「你不是想這樣子拉着阿木走吧？」

「對哦，不能就這樣走，會被人發現啊！」

小希搖頭晃腦，沒眼看俊樂。

最後，他們找來一堆樹葉覆蓋在阿木身上，然後俊樂不知從哪兒弄來一部手推車，順利地將阿木運送到綠色樹屋。

小希仍舊放心不下，擔憂阿木會被人發現，希貝爾夫人這時又是一派輕鬆的態度對她說：「別擔心，

*綠色樹屋是《奇幻書界》第二集中提到的廢棄房屋，是永哥暫時的棲身之所。

明天阿木就能回去了。我會提一提艾密斯，讓他早點來。」

「明天？這麼快？」俊樂搶白道，他巴不得阿木能永遠留下來陪伴他呢！

「嗯，你們……小心點。」

「小心？為什麼？明天會有什麼危險的事情發生嗎？」小希立即機警地問道。

希貝爾夫人但笑不語，離開了綠色樹屋。

「希貝爾夫人不愧是艾密斯團長的母親，說話老是說不清楚，故弄玄虛！」白貓說着，瞄了眼一臉憂慮的小希，咕噥着：「你不要想太多啦！」

小希還是感到些微不安，道：「你們別忘了，希貝爾夫人可是一名預言家。她要我們小心，那就表示明天也許會發生一些我們意想不到的事，而且這事還會對我們造成一定的危險。」

小希仍在惴惴不安時，俊樂卻興奮地想着阿木的餐單，並匆忙趕回家裏，取來睡袋及一堆糧食，準備在綠色樹屋陪伴阿木。

小希及白貓見俊樂像到綠色樹屋露營般開心不已，而阿木似乎暫時沒有被發現的可能，就放心地回家去了。

「阿木！」俊樂興奮地對着阿木說：「今天是歷史性的一刻！想不到屬於立體書世界的你居然來

到我們的世界，還能跟我一塊兒在這綠色樹屋過一晚……」

俊樂望向四周，目所觸及都成了新奇無比的事物。然後，他突發奇想地說：「對了！以後這兒就是我們的秘密堡壘！」

俊樂很羨慕電影或小說中常提到的秘密堡壘，他很早以前就想跟好朋友一起擁有一個秘密堡壘，能躲在裏頭分享秘密的專屬天地。

阿木好像也很滿意這綠色樹屋，牠哞地嗷叫一聲，在爬滿攀藤植物的綠色牆壁飛竄。

樹屋中央有個天井，阿木鑽了上去，把頭伸出屋頂，好奇地觀察四周。俊樂忙喚牠下來：「喂，會被人類發現的，快下來！」

阿木不情不願地飛下來，對於這個陌生的世界牠剛剛只看了幾眼，意猶未盡。

俊樂無法帶阿木這位動物朋友去外面走走，心裏有點過意不去，唯有打開睡袋，再取出一堆糧食，對阿木說：「看我給你帶來了什麼好東西？」

阿木果然被吸引過來，看着俊樂擺在睡袋上的食物，有俊樂最喜歡的榴槤口味玉米餅、花生曲奇餅、楓糖糖果、乳酪火腿麪包、草莓夾心餅乾、巧克力瑞士卷……阿木兩眼發出金黃色的光芒。

兩位好朋友開始吃起東西，一邊吃一邊小聲對話說笑。說着說着，他們都說累了，眼皮漸漸蓋下來。阿木往後一躺，睡在蓬蓬軟軟的睡袋，俊樂疊在阿木身上，兩位好朋友臉頰露出心滿意足的笑容，呼嚕呼嚕睡去。

小希與白貓回家後也累倒了，不過小希沒忘了幫白貓處理額頭的「高樓」。她找到藥箱，拿出以前她跌倒瘀傷時父親幫她塗抹的藥膏。

關於那次的回憶，小希如今想起還覺得隱隱作痛，皆因父親塗抹藥膏時特別用力幫她按壓傷口，還說什麼：「瘀青必須用力按壓才會散去。」

因此，小希這一回當然不會放過「以牙還牙」的好機會。她將藥膏塗抹在白貓額頭上時，特意提高聲量，說：「瘀青必須用力按壓，不然不會散去的哦！」

白貓忍着痛，心裏氣得不得了卻又沒辦法反駁小希。

額頭的疼痛感傳入白貓的心，白貓突然記起以前曾經也有過如此疼痛的感覺。

傳出儀發出聲響：「以前是騎腳踏車跌倒撞到頭嗎？還是……」

小希八卦地問：「怎麼？以前你也試過把頭撞得『起高樓』嗎？」

白貓看着小希，似乎想到什麼，說：「我為什麼要跟你講？」

說罷他馬上把音量按掉，小希吃了閉門羹，便用力地按一下那「高樓」，道：「好了！明天應該就會消腫！」

小希施施然走回房裏，白貓全身毛髮都豎起來了，生氣喊道：「明天出了事可別求我救你！」

小希房門砰的一聲關上，她完全沒聽到白貓的氣話。

白貓這晚睡得很不安穩，一直發惡夢。半夜，他乍醒過來，清楚地記得夢裏的他還是人類，更被一隻不知名的怪物追殺。他惶恐地躲在一個小小箱子裏，而怪物已來到眼前……

他醒來後心臟劇跳，精神異常振奮。

「這夢好真實……那種臨場感，好像靈魂出竅一樣……」

白貓怎麼都無法再入睡，記掛着希貝爾夫人提點他們要小心的事，心中越來越不安寧。

19 背叛者

下午四時正，亞肯德大公爵與伊諾匆匆來到薰衣草莊園，伊諾剛剛預先告訴他艾密斯團長與小希幾人會在傍晚時分來到這裏，幫助史蒂夫解決人生危機。

「嘿！史蒂夫的人生當然得由我亞肯德大公爵來操縱，何時輪到他們插手？」

亞肯德大公爵的幻術已經修習得出神入化，哪個時空都沒有比他更曉得應用幻術的人類了，但他當然不滿足於此。

自從他知道艾密斯團長及小希他們取得《未卜先知史蒂夫男爵那跌宕起伏榮辱交加的悲慘人生》這本立體書，他就決定應用最令他有成就感的無敵蠱惑術控制書中主人翁，也就是史蒂夫。再也沒有比控制一個人的人生更加令人開心、興奮的事了！更何況他這樣做還能破壞這個立體書世界的秩序，從而攝取到書中的能量呢！

因此，當亞肯德大公爵懷着振奮的心情來到薰衣草莊園，卻發現史蒂夫早已跟小希他們離開之後，簡直氣得無以復加！

「伊諾！不是說他們今天傍晚會來這裏執行任務嗎？為什麼他們都走了？你的『預見』能力不會又出錯了吧？」

這時伊諾突然展現一個冷笑，道：「哈哈！當然會出錯！因為——」

大公爵臉色大變，盯着一直以來陪伴他身側唯唯諾諾，大氣都不敢喘一聲的大塊頭，驚訝地說：「你不是伊諾！你肯定不是伊諾！」

只見「伊諾」歪嘴笑了笑，身子閃一下，站在大公爵眼前的，赫然已變為奧狄！

「我就猜到是你！你這叛徒，當初收你為徒時就察覺到你不是願意效忠於一個人的品性，哼！若不是你苦苦哀求……」

「我是非常願意在能欣賞、激發我能力的人之下學習。可惜的是，你並不是這樣的人！誰都不能罵我差勁！」奧狄一想起大公爵責罵他失誤的話語，心頭的憤怒與委屈又湧了上來！

「差勁？」

大公爵回想起那天奧狄易容成小希被白貓識穿後，他責備奧狄的事。

「呵！你的幻術本來就差勁！被我這個師父說幾句罷了，想不到你居然反過來將我一軍！哼，沒用的叛徒！快說！伊諾呢？伊諾在哪裏？」

「伊諾？嘿！」奧狄撇撇嘴，「那大塊頭智商如此低，要解決他根本不費吹灰之力！我只需變成你，對你唯唯諾諾的他馬上被我請去艾密斯團長的馬戲團。現在啊，大概被關在房子裏跟麻雀們玩着丟橘子呢，嘿嘿！」

「你！」大公爵氣得渾身發顫，從來沒有人敢如此戲弄他！

「我萬萬沒想到你竟然會和你最討厭的艾密斯合作，真是沒骨氣！」大公爵咬牙切齒地罵道。

「嘿！誰能給我最想要的東西，我就跟隨誰。人不為己，天誅地滅嘛！」

「他給了你什麼好處？」大公爵雖然氣憤，但仍然很想知道艾密斯團長到底給了奧狄什麼甜頭。

「也不是什麼了不起的東西，就一句預言罷了。關於我將來的預言。」奧狄對大公爵翻了個白眼，道：「要不是看到這預言，我説不定還不會對你和伊諾下手！」

「什麼預言？誰的預言？你居然會相信預言？」大公爵那一對八字鬍子抖了抖，不可置信的樣子。

「艾密斯團長的母親——希貝爾夫人的預言！她的預言讓我渾身不自在！」奧狄説着，想起那天的事……

在密林中，穿着一身黑色套頭雨衣的艾密斯團長

交給奧狄一張字條，他緊緊地將字條揣於手掌心，心想：我當然有辦法不讓伊諾看見字條寫了什麼，只要我變成不相干的人，他決計不可能去『看』陌生人手中的字條。嘿！伊諾萬萬想不到我有這一招吧？

其後，奧狄來到鬧市中央，穿梭於人羣中時，隨意變身為其中一名路人。

「路人」走到街邊，展開手中的字條。上面寫着：「奧狄會被困於史蒂夫男爵的立體書世界，從此留在那裏。」

那人看了字條後大驚，他急匆匆找到艾密斯團長，重施故技，易容成陌生人商討讓大公爵及伊諾上當的計謀。

「把伊諾困在馬戲團之後，我就易容成伊諾。結果，我輕易完成艾密斯團長吩咐的任務，成功把你拖延在這裏，不讓你有機會接觸和控制史蒂夫男爵。這樣，你當然也沒辦法破壞他們拯救史蒂夫男爵的行動啦！」奧狄高傲地抬高頭，繼續說：「艾密斯團長對我說，只要我願意幫忙，他會幫我順利找到自己想做的事，不再受控於你這個輕視我能力的人！」

「為了換取一個不知道真假的狗屁預言，你竟敢背叛史上最厲害無敵的幻術師大公爵？哼！我要讓你為自己的愚蠢行為後悔莫及！」

大公爵往四周一瞧，隨手摘了莊園內低矮樹叢的葉子，口中唸唸有詞，馬上對奧狄使出他最犀利的無敵蠱惑術！

當風沙飛揚，奧狄受困於風沙中睜不開眼時，大公爵對着奧狄說出指示：「你看到艾密斯團長之後，必須按照我的指示，讓艾密斯團長……」

半晌，奧狄心神恍惚地睜開了眼，此時大公爵已不知去向。他怔怔地望着空無一人的莊園庭院，抓了抓腦袋，困惑地說：「剛剛大公爵做了什麼？為什麼我一點兒印象都沒有？」

奧狄站於原地，突然想起什麼，道：「對了，艾密斯團長答應我會幫我找到想做的事！」說罷，他匆忙走出莊園，找到剛才通過的時空縫隙，跳了進去。

這時，大公爵從一棵大樹後方走出來。他摸摸八字鬍，得意地說：「嘿，伊諾早就跟我提過一個辦法。只要去到那個地方，你們就無法回來了……哈！看我怎麼反將你們一軍！哈哈哈哈！」

大公爵仰天長嘯着，姿態狂妄地跳入時空縫隙。

20 售賣回憶的小鋪

奧狄跳出時空縫隙，回到艾密斯團長所生存的立體書世界。

艾密斯團長從一個密閉房間釋放伊諾，當伊諾帶着整頭亂髮衝出來時，看到奧狄和艾密斯團長在一塊兒，憤恨地說：「我一定告訴大公爵，你就是背叛他的叛徒！」

奧狄一點都不在意地回說：「不勞你費心，他早就知道了。你還是想想怎麼跟你那全宇宙最厲害無敵的大公爵解釋自己的過錯吧，哈哈哈！」

「我……我犯了什麼過錯？」伊諾漲紅着臉問道。

「你犯的錯可大了！別忘了，我可是變成你的樣子，欺騙了大公爵！」

「你！」伊諾本想罵奧狄，但想到大公爵對他發脾氣的樣子，馬上擔憂起來，「怎麼辦？大公爵不會真的氣得把我踢出師門吧？」

伊諾就這般害怕着，走回大公爵的宮邸。

大公爵的宮邸在一座山腳下，魁偉而華麗至極，簡直比地球上所有城堡還要宏大壯觀。但此刻這並不重要，因為當伊諾走向大公爵的宮邸時，竟然遠遠就看到大公爵在召喚他。

「奇怪？大公爵還是第一次站在大門口迎接我——哎，別亂想了！大公爵怎麼可能迎接我呢？他一定是太生氣了，想着快點責罰我。可是，他看起來笑臉盈盈，不像生氣的樣子啊……」

伊諾忐忑地走過去，大公爵嫌伊諾走太慢，等不及了，索性跑過來拉住伊諾的臂膀，說：「走！快實行你的絕招！」

「什……什麼絕招？」伊諾緊張地眨着眼睛。

「唉！就是你那天跟我提過的啊！能夠讓他們永遠無法反擊的絕招！」

伊諾還未細想，就被大公爵拉着走進了宮邸，大公爵邊走邊說：「快用你的『預見』能力看看，什麼時候是史蒂夫男爵最關鍵的時刻。我們得比他們先一步通過時空縫隙，破壞立體書世界的秩序……」

*　*　*

俊樂悶悶不樂地拖着腳步走在綠色樹屋的大廳裏，他好久沒試過如此焦慮了。

他走到殘舊的大門前，踮起腳尖朝大門上的一個孔看出去，然後歎一口氣，轉回頭，同樣拖着腳步步向大廳的內側。

阿木此刻乖乖地坐在睡袋上，兩顆渾圓烏黑的眼珠子隨着俊樂踱步移動着。

「唉！就這麼被關在這裏，不餓死也會悶死！呼！希貝爾夫人不是說艾密斯團長一早就會來嗎？為什麼還不來呢？每次都慢吞吞，不如叫他慢吞吞團長！」

俊樂不耐煩地嘀咕着，肚子打了個響鼓，原來俊樂的焦慮是由於肚子餓而引起。

他今早起身就餓了，可是又不敢隨便走出去，他怕被人發現自己和阿木藏身於綠色樹屋中。

他走向阿木，問道：「阿木，你也餓了，對吧？」

阿木哞哞兩聲，表示餓了。

俊樂歎了口氣道：「唉！雖然我捨不得讓你回去，但想到留在這裏就必須把你關在這麼小的空間，又沒法定時定量供應食物給你……」

俊樂拍拍阿木的小羽翼，說：「放心，艾密斯團長應該很快就來了！我知道餓肚子的痛苦，我絕不會讓你餓肚子。」

他繼續來回走動幾次，終於聽到一些動靜，便匆匆跑向大門。

他悄悄把門打開一條縫往外瞧，果然，一個穿着十九世紀服飾的男子向綠色樹屋走過來了！

俊樂朝他用力揮手，壓低聲量喚道：「艾密斯團長！」

艾密斯團長馬上將手指靠近嘴唇，讓俊樂別聲張，俊樂這才噤聲，但他仍無法收斂興奮的態度，打開木門迎向艾密斯團長，着急問道：「現在就去史蒂夫的世界嗎？」

「是，不過我們還得去接小希，還有白貓！」

於是，他們與小希及白貓會合後，立即趕到這次時空縫隙開啟的地點——小希家附近的小公園，往樹幹上一個模糊的旋渦鑽了進去！

小希與俊樂穿過時空縫隙後，睜開眼一看，發現眼前的場景非常熟悉。這裏是他們第一次來到「未卜先知男爵」的世界時曾來過的地方——地下街。

「為什麼來這裏？我們不是要去找史蒂夫嗎？」

小希納悶地看着艾密斯團長，艾密斯團長讓小希別説話，帶着他們往熱鬧的地下街穿梭前行。

＊　＊　＊

同一時間，艾密斯團長匆匆來到綠色樹屋。他打開大門，看着空蕩蕩的屋子及地上的睡袋和零食袋，心中隱隱感到不妥。於是他急忙跑去小希家，在那兒他果然又撲了空。

「不對，一定是哪裏出錯了。」

艾密斯團長仔細回想：昨天我告訴奧狄今天巳時

（早上九時至十一時）是關鍵時刻，必須趕去阻止史蒂夫男爵被大公爵施行蠱惑術……而奧狄讓我說出口的是延遲一個時辰的時刻，也就是午時（早上十一時至下午一時），好讓伊諾搞錯時間……如果是這樣，大公爵應該還沒有出現。現在還沒到巳時啊！

艾密斯團長低頭沉思：現在小希他們都不在這裏，一定是去了立體書世界。是誰帶他們去呢？呵，答案不言而喻，是奧狄反過來將我一軍。哼！想不到這大公爵也會用反間計！」

艾密斯團長說着，匆匆躍入樹幹中的時空縫隙。

* * *

小希一夥人跟着艾密斯團長，匆忙行走於地下街的熱鬧街市。今天是周末，來地下街購買稀奇物品或進行交易的人比平常多許多。

小希看看時間，手錶上顯示：八時三十分。

這時間是辰時（早上七時至九時），距離艾密斯團長所說的關鍵時刻巳時（早上九時至十一時）還差半個小時。之所以會有這樣的失誤，當然是有人從中作梗，唯小希他們完全被蒙在鼓裏。

此刻，在前方帶領着他們前進的並非真正的艾密斯團長，而是易容幻術者奧狄。

奧狄被亞肯德大公爵施行了無敵蠱惑術，在看到艾密斯團長後，引導他說出延後的時間，讓團長以為大公爵和伊諾被瞞騙了。隔天一早，奧狄又受到大公爵指示，變身成艾密斯團長，提早一個時辰來接小希他們去史蒂夫身處那個世界的地下街。

現在，他意識模糊地按照大公爵的吩咐，帶領着小希一行人，走向地下街的某個地方……

俊樂走得兩眼昏花，他忍不住喊停：「艾密斯團長！我可不可以先吃個黑饅頭再走？」

艾密斯團長沒有停下，反而走得更快了。

「艾密斯團長！我今早還沒吃早餐呢！艾密斯團長！」俊樂邊走邊大聲叫着，也設法加快腳步。

小希走在俊樂前頭，隱約覺得古怪，她腦海浮現希貝爾夫人的話：小心點。

「難道艾密斯團長知道有事情要發生了？」小希揣測着，迅速追上艾密斯團長。

好不容易穿過熱鬧的街市，他們終於可以緩一緩腳步。

只見艾密斯團長走向一間外形獨特的建築物，它看來像是由鐵皮建造的鐵皮屋。小希看到上面掛着個不顯眼的牌匾，寫着：地下街委員會協會。

「地下街委員會協會？原來有這樣的協會？」小希好奇問道。

艾密斯團長沒有應答，他推開鐵製大門，發出難聽的鐵器摩擦聲。

裏頭是個空蕩蕩的貨倉狀空間，幾個角落堆了不知名的物品，一箱箱、一盒盒、一捆捆的。

「怎麼不像是『協會』？『協會』應該有辦公室吧？而且也沒有人辦公……」

小希疑惑着，踏步於發出迴響的地板，跟着艾密斯團長徑直走過去。這時有個人不知從哪個方向竄出來，向他們走過來。

他走到艾密斯團長跟前，問道：「是賣東西的嗎？」

艾密斯團長點點頭。

於是那人就領着艾密斯團長，走到「貨倉」盡處的小鐵門。

小希忐忑極了，心想：賣東西？我們有帶東西來賣嗎？還是——我們就是那東西？

小希這麼想的時候，他們已穿過小鐵門，拐進一條窄小昏暗的通道，繼而被帶進一個小房間。

一進入小房，大夥兒就被房內炫彩發亮的裝飾和燈光迷惑了。房裏垂吊着玻璃球狀的風鈴和彩帶，牆上的裝飾畫有田園風味圖、熱鬧市集圖、絢爛的海底生物圖等。桌上和櫃子上都擺放着各種水晶石頭，還有一些亮麗的照片：有一大串五彩氣球飛上空中的情景，有奇幻色彩濃厚的別致鄉鎮，還有令人想永遠待在那兒的綠色大草坪及花圃……

俊樂看得目瞪口呆，頻頻發出驚豔的讚歎。

「這到底是什麼地方？」小希疑惑地問道。

這時，一位大叔從房裏的另一道門走出來。大叔模樣流裏流氣，眼睛細小，嘴唇也薄，穿着跟這間房一樣五彩繽紛的植物圖案襯衫和鬆垮的綠色喇叭褲，讓人不禁懷疑這大叔從哪個熱帶國家度假回來。

「歡迎光臨回憶小鋪。」大叔的音調有點走調而滑稽，像是京劇中的丑角。

「回憶小鋪？什麼是回憶小鋪？」俊樂好奇地走上前。

大叔打量俊樂，似乎很不屑，道：「你那麼小，我可不要你的回憶。」

「年齡大小有什麼關係？」

「當然有關係，年紀大才有更多歷練，回憶當然也比較吸引人。」

「吸引人？吸引什麼人？」

大叔不理會俊樂，他的目光望向小希，然後掃向阿木、艾密斯團長，在他們身上都沒有停留超過兩秒。直到他看到白貓時，瞳孔卻陡然放大了，眯眯笑道：「看來還是有一個值得收藏的痛苦回憶……我最喜歡痛苦的回憶了……」

說着，他不懷好意地朝白貓走去，白貓警惕地往後退了幾步，小希趕忙問道：「你要做什麼？」

大叔不悅地吐出：「來這裏不就是要販賣回憶給我嗎？別擋着我！」

說時遲那時快，那大叔立即膨脹起來！

眾人驚訝得來不及做出反應，大叔的身體已然變成一個瘦長的不規則管子，看起來像條凹凸不平的蛇。小希往上一看，赫然發現大叔的頭部竟變成一個吸盤！只見吸盤吸附在白貓身上，白貓轉大音量，傳出僅只來得及發出「救——」，接下來白貓就一咕嘟被吸進吸盤內，不見了蹤影！

小希與俊樂張大着嘴巴，過了半晌才懼怕得叫出聲來！

「啊——」俊樂驚懼地朝剛才進來的門口逃去，但那吸盤怪物並沒攻擊他，反而發出滑稽的聲調，朝另一道門竄出去！

阿木緊盯着吸盤怪物，見牠跑出門後，連忙追了過去。

「阿木！」俊樂叫着，着急地向艾密斯團長求救：「怎麼辦？阿木跟過去了！」

艾密斯團長一副沒睡醒的模樣，點點頭說：「嗯，完成任務。」

「白貓是我爸爸！不能讓爸爸被吃掉！」小希既害怕又憤怒地說着，也追出那道門去。

這時艾密斯團長才如夢初醒地眨眨眼，道：「發生什麼事？」

俊樂又急又怕，惱怒地大喊道：「啊——不管了！死就死吧！」

說罷俊樂也追了過去，只剩下呆愣在那兒一臉懵懂的「艾密斯團長」。

21 人生的意義

阿木烏溜溜的眼珠此刻似乎冒出火焰，兩眼閃着金光，快速地追向前方那滑溜狡猾的傢伙！

那傢伙逃向輾轉的窄小通道，進入另一個房間，阿木趁牠關上門之際伸頭用力頂了過去。吸盤怪物回過頭來，可以看到那大大的吸盤上方有兩顆小珠子，應該是牠的眼睛。那對小眼睛轉了一下，從吸盤蹦出滑稽的怪聲，就繼續逃去另一條通道。

阿木乘勢一跳，直接撲過去咬住吸盤怪物扭動着的尾巴！怪物怪叫着奔去另一個房間，氣喘吁吁地停了下來。

阿木緊緊咬着吸盤怪物的尾巴，被牠帶到一個寬敞的房間。

咬着怪物尾巴的阿木甩了甩頭，怪物隨即發出抑揚頓挫的怪聲。緊接着，阿木發現吸盤怪物身後有一頭奇怪的生物慢慢靠近……阿木看得嘴巴鬆開了一些，吸盤怪物趁機掙脱阿木的嘴巴，溜去牆邊。

這時小希也闖進了房間，正要喊出「把我爸爸還來」。但當她發現眼前的景象，竟嚇得發愣在那兒。

接着輪到俊樂衝進來，他也跟小希一樣，似被點了動彈不得的穴位，定在那兒一動不動。

阿木眼中的火焰消失了，取而代之的是恐懼的眼神。

向着阿木走過來的生物有着兩個頭！一個頭是個粗眉大眼的人類男子，另一個卻是蜥蜴模樣的怪物！

俊樂開始發顫，抖着說：「阿木，我……我們走吧……」

阿木往後退了一步，但那兩頭怪物突然撲上來，一口咬住阿木的頭部！

阿木痛得流出眼淚，嗷叫着用腿部和羽翅攻擊。可惜兩頭怪很機靈，牠用另一個頭觀察着阿木的舉動，迅速避開阿木的攻擊。

接下來，兩頭怪繼續進攻，對阿木殘忍地撕咬。阿木再次反擊，但仍舊撲空了！看來這兩頭怪有着兩個頭，自然也有兩個腦，能互相照應和補助。想靠近或攻擊牠，根本難以做到。

兩頭怪又衝過來了，每一回阿木都沒有辦法躲過蜥蜴頭的攻擊。牠的速度又快又準，完全來不及躲避。阿木被咬得傷痕纍纍，身上滿是凹洞，全身血跡斑斑。

俊樂看不下去了，他在一旁哭着哀求那怪物別咬阿木，但他的哭聲只是徒增現場的可怖與可憐。

小希也急得流出眼淚，他們沒辦法拯救阿木，只能眼睜睜看着阿木被攻擊，一步步走向死亡……

*　*　*

此刻位於吸盤怪物體內的白貓並沒有死去，他像來到一個朦朧的世界，又像在做夢。

他看到兩個小孩騎着腳踏車，在一條窄小的道路開心地追逐着。

「那是誰呢？怎麼感覺很熟悉……」

兩個小孩騎到一棵大樹下，把腳踏車放在樹底，取了釣具興沖沖跑向湖邊。

「今天我一定要釣一條大魚回去！」其中一名男孩說。

另一名男孩回應道：「我要釣一條比你更大的魚！」

「嘿嘿，好啊！看誰釣到的魚更大！走吧！」

兩名男孩蹦蹦跳跳地跑到湖邊，誰知其中一名被樹枝絆倒，平衡不住身子，往湖水跌去！

他大叫着，很快就要沉到水裏，另一名男孩着急地吆喝着，讓他不要害怕，然後撲進水裏救他！

可惜的是兩名男孩都沒有再升上水面，湖面冒着充滿死氣的蕩漾……

突然，一名身穿華麗衣裳的女子來到湖邊，她跳進湖裏，將男孩救了上來。

先被救起的是最初掉落水中的孩子。

白貓這時看清楚了，陡然從夢中驚醒，叫道：「那是我！」

他趕緊盯着湖水，女子正在奮力拯救另一名男孩。

另一名男孩也被救上來了！

白貓舒了一口大氣，那名男孩是他小時候最崇拜的哥哥。

正慶幸間，突然女子着急地喚着他哥哥：「喂！快醒醒！喂！」

然而哥哥沒有醒過來，他溺水太久，已經過了拯救時機。

「不！」白貓吶喊道，但這聲音似乎只有他能聽見。他處身於一個朦朧的世界，確切來說，他處身於一段回憶中的世界。

他看見的，是自己小時候的一段回憶。那段回憶過於痛苦，以至於他選擇不願記起，也就漸漸遺忘了。

原來白貓因為販賣回憶給吸盤怪物，誤打誤撞地喚醒了這段沉睡已久的痛苦記憶。

「不！」他大叫着，「哥哥不可以死！」

他抽泣着，從前的事一下湧進腦海。

「我記起了，她是比華利。比華利說她在戰爭爆發時被某個人拯救了，來到我們的世界時剛好救了我。」

白貓清楚記得比華利那甜美嗓音對他說的話：「你不用謝我，如果真的要報答我，就幫我好好保存我的唱片。」

比華利取出身上唯一來得及帶過來的唱片，說：「你必須好好活下去，知道嗎？」

白貓想到這裏，生氣地大叫：「不要！我不要好好活！哥哥是因為我而死，我要怎麼好好活？」

白貓繼而想起哥哥死後的每一個日子。他在家裏看着母親如行屍走肉般生活，再也沒有活下去的動力。

他因此扮演起哥哥的角色，模仿哥哥的語氣及打扮，想着哥哥會怎麼做來迎合母親的喜好。

為了成為母親值得驕傲的兒子，他加倍努力唸書和學習。許多個夜晚，他不眠不休，挑燈夜讀，把所有心思都放在哥哥喜歡的課業上。

他活成哥哥的樣子，討好母親。

這時，一道聲音震耳欲聾地傳進他的腦海：「對，就是你讓你哥哥死去！那麼痛苦的回憶不要也罷。來吧！把所有痛苦都給我吧！把回憶給我，舒服地待在這裏吧……」

白貓痛苦極了，無法揮去那段盤繞着腦海的過去，懊悔與內疚不斷湧上來。他很想聽從那道聲音，把這些不好的回憶扔掉……即使因此而無法出去，活在這個奇怪的地方。

白貓這麼一想，全身突然放鬆下來，浮浮沉沉的，碰不着地也摸不到頂，像漂浮在一個巨大的海洋那樣。

「就這樣吧，就這樣活在這個舒服的地方……」

白貓的心突然急速跳動了一下，他模糊地睜開眼，想道：如果沒有了這些回憶，他還是他嗎？

算了，這些年，他已經很努力地生存下去。為了不讓母親失望，不讓母親記起哥哥因他而死，天天都活得很累，非常累了。

就這樣待在吸盤怪物體內也好，至少不用為了別人而活。為別人而活太累了，使他不知道自己為了什麼活在這世上。

漸漸地，他感受到身體慢慢往前流去，然後抵達一個空間。那空間一片空白，那裏很寧靜，那裏沒有痛苦的回憶……

「你的生命是哥哥拚死守護而來，你必須加倍努力活着！」

白貓腦海陡然浮現這些話，他眼皮急劇跳動，驚恐地睜開眼睛！他想起來了！這是比華利臨走前對他說的話。

「我……要活着。對，我必須活着，小希和徐堯還在等着我！還有史蒂夫，他需要我的幫助！我現在明白為什麼我會是關鍵動物，因為我和史蒂夫有着同樣的命運！我們雖然有着被掌控的悲劇人生，但我們必須重新找到人生的意義！」

白貓拚命地掙扎着，然後往前方那一點光芒衝過去，從吸盤怪物的口腔噴射出來！他發出一聲爆炸般的大叫，震耳欲聾，整棟樓房似乎都充滿了迴響！

原來白貓衝出來的同時，將傳出儀調至最大聲量！

大夥兒被嚇着了，連在攻擊阿木的兩頭怪也暫時停止了動作，愣在那裏。

白貓被「吐」出來之後，咚地一響落下來，跌在兩頭怪身邊。

他搖晃着身子，並不知道兩頭怪就在前面。迷濛中，他堅定地說：「必須去找史蒂夫！」

此時，吸盤怪物知道情況不妙，趕緊逃竄離去。

白貓站起來，後方正是虎視眈眈的兩頭怪……

小希和俊樂驚恐地睜大眼，還未及警示白貓，兩頭怪已撲了上來！

頃刻間，兩頭怪撲在白貓原本站着的地方。

「白貓呢？」小希驚慌地叫着，四處探尋，終於在牆角發現白貓的蹤影，她喜極而泣地再叫一次：

「白貓！」

白貓甩掉身上的臭水，發現躺在地上奄奄一息的阿木，隨即怒目瞪視兩頭怪！

「白貓，要小心！這怪物觀察力特別強，很難攻擊他！」小希提醒白貓。

這時門外傳來匆促的腳步聲，一個人跑了進來。他竟是奧狄！

「奧狄？」小希看着他，全然明白過來，「看來是你變成艾密斯團長，把我們騙來這裏。」

奧狄一臉歉疚地說：「不是我！我中了亞肯德大公爵的無敵蠱惑術，直到剛才為止，我都不清楚自己做了什麼。我被他控制了！」

「你不知道自己做了多大的壞事！」門被踢開來，一道聲音從門口傳來，大夥兒趕忙看過去！

一名光頭女子站在那兒，一副雄赳赳的模樣，身穿防禦鐵甲，鐵甲下是平民的服飾。

「你是誰？」奧狄問。

「我是地下街委員會的協調員。你竟然帶這些孩子和小動物來這麼危險的地方！想讓他們死在這兒嗎？」

「不，都說了不是我想帶他們來的——」

「廢話！還不快幫我把牠抓起來？」光頭女子說着，把一個東西飛射向兩頭怪！

那東西在兩頭怪跟前打開來，原來是一張黑網，光頭女子叫道：「快！去攻擊他的另一個頭！」

奧狄傻愣了半秒，飛奔過去。

黑網遮蓋住人類頭部，蜥蜴頭一下子沒了第二對眼睛，虛張聲勢地張開血盆大口，朝衝過來的奧狄咬過去！

奧狄來不及閃避，眼看就要被咬下去時，他竟然變身成兩頭怪的粗眉男子！

蜥蜴頭瞳孔驟然一縮，沒能咬下去。只耽擱了一秒，光頭女子已搶得先機，給蜥蜴頭用黑網當頭套了上去！

「把怪物雙掌和身體固定住！」光頭女子大聲吩咐。

這次不等奧狄出手，小希、俊樂及白貓立即衝過去，用女子撒過來的細繩聯手圍繞蜥蜴的手掌及身體！

蜥蜴發狂大叫，強而有力的尾巴掃向光頭女子，女子並不退避，而是拿出刀迎向那可怕的尾巴！

奧狄及時衝過去將女子絆倒，蜥蜴的尾巴剛好在女子頭上橫掃過去……

接着奧狄搶過女子手上的刀，朝蜥蜴頸部插下去！

一時間鮮血四濺，大夥兒身上似乎都沾上了怪物血漿！

兩頭怪仍掙扎着，但沒多久即搖搖欲墜，晃着身子倒下來了！

「誰讓你下重手？我要生擒，不是讓你殺牠！」光頭女子惱怒地盯着奧狄，奧狄啞口無言，不知怎麼回應。

光頭女子過去查看兩頭怪的傷勢，隨即從鐵甲下的一個口袋取出一罐藥物，灑在怪物的傷口上。

「你為什麼要救這樣可怕的怪物？」奧狄問道。

女子瞥一眼奧狄，說：「地下街向來收容了許多不被社會接納的怪人或怪物。地下街委員會必須掌控及保護所有受到不公平待遇的生物，不管他是人是怪。」

「即使是喜歡收藏人類痛苦回憶的吸盤怪物也要保護？」白貓不滿地問道。

女子瞟了瞟白貓，道：「當然，任何形式的存在都有一定的理由，也理應受到保護。和他進行交易是你情我願，這一次是你們自己找上門來的，不是嗎？」

白貓無話可說，的確如光頭女子所說，是他們自己送上門來。而他也不能說一無所獲，因為吸盤怪物讓他想起了一段痛苦的回憶。

俊樂見光頭女子的藥物似乎很神奇，趕緊說：

「請你也幫阿木治療吧！阿木傷得好厲害！」

俊樂懇求地看着女子，女子呵口氣，過去察看躺在一旁的阿木。

她翻開烏黑毛髮時觸碰到裏面的傷口，阿木疼痛地發出細微的聲響。

「輕一點！阿木傷得很重。」俊樂着急地說。

光頭女子看了一會兒，站起來拍拍俊樂的肩膀，道：「別太傷心，讓牠安樂地走吧！」

聽到女子這麼說，俊樂再也按捺不住，淚水嘩啦嘩啦地決堤而出，整個人撲到阿木身上，不斷叫喚阿木的名字。

唯阿木並沒有因為俊樂的叫喚而好轉，牠的氣息越來越弱，最後停止了呼吸。

地下街上空閃過一大片鋸齒狀的雷電，雷聲粗暴的嘶吼，似乎也在為逝去的阿木感到深沉的悲痛……

22 萬龍塔的悲劇

薰衣草莊園內，一行人從莊園穿過大大的籬笆門。走在前頭的是史蒂夫，他穿着一身素色喪服，神色惶惑地慢步行進，手上拿着母親艾莎夫人的遺照。

送葬隊伍很長，曾經給艾莎夫人占卜過，以及史蒂夫的信徒都來送艾莎夫人一程。

此時，亞肯德大公爵與跟班伊諾正悄悄跟在隊伍後方，等着看一場好戲呢！

「嘿嘿！他們現在一定焦頭爛額，自身難保！沒有他們這些麻煩的阻礙，要對史蒂夫施行無敵蠱惑術以破壞立體書的秩序，實在太容易了！」大公爵悄悄在後方對伊諾說。

伊諾頻頻點頭稱是，然後他突然想到什麼，趕緊問大公爵：「大公爵，到底要怎麼做才能打亂立體書的秩序？」

「唉！你不是看到立體書的結局了嗎？」

「結局？哦，就是史蒂夫男爵站上萬龍塔那一幕嗎？」

大公爵白了伊諾一眼，罵道：「笨蛋！是史蒂夫

男爵改變初衷，決定好好活下去！」

「噢噢，那就是說——」伊諾歪着頭，問道：「呃，我還是不懂要怎麼打亂秩序啊！大公爵，你明確一點告訴我吧！」

大公爵晃晃頭，道：「不能讓他改變初衷。」

伊諾睜大了眼，道：「難道是要讓他遵照原先的結局，在萬龍塔跳下，結束自己的性命？」

「沒錯。」大公爵摸了摸嘴沿的八字鬍，呵口氣道：「唉，跟你說話還真是考驗我的耐性和智慧！」

「可是，要怎樣做才能讓他結束自己的性命？他不想死，難道要動手殺他？」

「笨蛋！動手殺他叫刺殺，根本不需用到我的厲害幻術！」

「那要怎麼做？」伊諾着急地問道，他最怕臨時吩咐他做些自己根本無法隨機應變的事了。

大公爵吹鬍子瞪眼，說：「到時我會給你指示。」

「噢……」伊諾似乎還是不太放心，不過他也不敢繼續追問，只好跟着人羣往前移動。

據聞，這送葬隊伍將前往清音大教堂，在教堂內為史蒂夫男爵的母親舉行哀悼儀式。

現在是上午九時十分，艾密斯團長提到的關鍵時刻是巳時，這意味着大公爵必須在巳時結束（也即是十一時）前，使出幻術令史蒂夫男爵在萬龍塔結束自己的性命。

大公爵和伊諾一路跟着龜速般的隊伍前進，好不容易在九時三十分來到清音大教堂，然後進行了一個小時的哀悼儀式。

現在距離十一時還有三十分鐘，大公爵看到史蒂夫男爵還在教堂對着母親的照片哭泣不已，甚為焦急，嘀咕道：「真是急死人，還不快去萬龍塔？」

亞肯德大公爵及伊諾兩人無奈地在教堂外候着。早上的陽光雖然不太曬，但也熱得他們倆滿頭大汗。

終於，參與哀悼儀式的人們都離開了。

史蒂夫男爵走出教堂，望向母親跟他提過的萬龍塔。萬龍塔是泰安國的行政中心，也是國王辦公的地方。而他現在已經是泰安國的國師，每天得到萬龍塔參與及商議國家大事。國王的每一項決策都必須先向他請示，他的地位幾乎可以説超越了國王。

「總有一天，你會憑着相信的力量，站上那座頂峯。」

史蒂夫腦海浮現出母親對他説過的話，他從小已為這句話而活，所有的努力與受過的苦痛全是為了實現母親這個願望。如今願望達成，母親卻突然離去。他感受不到活着的意義，整個人輕飄飄的。

接着，史蒂夫邁步走向萬龍塔，管家及僕人們緊

張地伺候着。他神情憂鬱，腳步踉蹌，似乎每走一步都隨時會撲倒在地。

當史蒂夫走到萬龍塔後，他請管家及僕人們先行回去。

萬龍塔的守衛們趕緊開門，讓國師史蒂夫進去。

「嘿！礙事的人終於走了！」亞肯德大公爵呵口氣說。他一直跟在史蒂夫及僕人身後等待時機，準備對史蒂夫使用無敵蠱惑術。見史蒂夫走進萬龍塔，他連忙走過去，迅速對守衛行使障眼法，成功進入塔內。

史蒂夫一步步爬上階梯，他的辦公室位於最高樓層。近來他每天都爬上這彎彎斜斜的階梯，絲毫不覺得疲累。但今天，他每走一步都耗費很大的力氣。

亞肯德大公爵與伊諾跟在史蒂夫後頭，也費了好大的勁爬上階梯。

終於，史蒂夫爬上了萬龍塔最高的頂樓，他還是第一次登上這兒。他深吸幾口氣，讓自己的氣息平穩下來。

他雙手攀附在塔上的圍牆，這圍牆高度及腰，從這兒可以看到整個泰安國的國土。他抹去眼角的淚痕，深吸口氣，大聲地說：「媽媽，我已經站在頂峯了。」

史蒂夫腦海劃過曾經受他幫助而對他感激涕零的

貴族們，人們在聽到他的占卜話語時如何地安慰與開心，費米將軍感謝他們為爾錦國找回生機的時刻……

所有的這一切，讓史蒂夫領悟到，雖然他從未為自己而活，但母親對他的期望，讓他擁有了幫助別人的力量。

「雖然你無法看到這一切，但我會盡最大努力，去幫助每一個需要我的人。」

大公爵這時也辛苦地爬了上來，他躲在門後，趁史蒂夫在圍牆感慨的時候，拿出口袋中的葉子，對他行使無敵蠱惑術！

一時間風沙滾滾，史蒂夫以手遮擋着臉，眼睛無法睜開。過了一會兒，風停了，史蒂夫緩緩睜開眼睛。

他俯視着寬廣的泰安國版圖，喃喃地說：「媽媽，我已經站在頂峯了。你為什麼不能多陪我一點時間？」

說着他突然悲從中來，流下哀傷的淚水。

「所有權力和財富，對我來說已經沒有任何意義……」

史蒂夫望着萬龍塔下渺小的景物，眼神哀痛至極。他攀上及腰的圍牆，顫顫巍巍地站了上去。

他望向天空，閉上眼睛，此時一道聲音驟然傳來：「史蒂夫，你必須為自己活！」

史蒂夫停住腳步，在圍牆上站穩腳跟。

只見白貓從塔頂的小門衝了出來！史蒂夫陡然醒轉過來，發現自己站在圍牆上，困惑地問：「發生什麼事了？」

白貓大聲喚道：「你被大公爵的蠱惑術迷惑了，快下來！」

史蒂夫看着白貓前方的大公爵和伊諾，一副不明所以的樣子。這時艾密斯團長和小希及俊樂也從階梯跑到了頂樓。

大公爵看到艾密斯團長和小希他們，惱怒地對伊諾道：「不是説他們進了龍蛇混雜的地下街委員會協會，就沒辦法再出來了嗎？」

「我……我的確是用『後見』能力看到許多人進去之後都沒辦法再出來啊！」伊諾委屈地説，「我又不是未卜先知，不能預測到他們能走出來……」

「現在是要跟我頂嘴嗎？你學會頂嘴了？」大公爵像對自己孩子説話那樣，令人發笑。

艾密斯團長清清喉嚨，道：「亞肯德大公爵，雖然你這次很聰明地使用了反間計，但我還是及時找到了小希他們。其實——」

他皺一下眉頭，呵口氣，看進大公爵眼底，真誠地説：「你何需破壞這個立體書世界的秩序，以攝取能量呢？你早已是史上最無敵的幻術使用者了。」

大公爵眼睛眨了眨，瞳孔中浮現他父親斥責他又醜又胖又笨的嘴臉……他臉色一沉，放聲回道：「我就是要讓大家都崇拜我！奉承我！不行嗎？不行嗎？」

大公爵轉向伊諾：「阻止他們！」

高大壯實的伊諾站到艾密斯團長面前，阻擋住他們的去路。艾密斯團長使了個眼色，小希及俊樂馬上兵分兩路逃竄，誰知兩人一跑即止住腳步，他們眼前呈現的是萬丈深淵，一步都無法邁進！

「別想阻礙我！」大公爵說着，抬頭看向史蒂夫。史蒂夫惶惑地與他對視，白貓則在一旁嚴陣以待。

大公爵嘴角翹了一下，白貓完全看不到他如何出手，周遭環境已換了個場景。

史蒂夫看見母親走向他，他起初滿臉驚訝，繼而溢滿笑容，叫道：「媽媽！」

這時，艾莎夫人竟跳了下去！

史蒂夫驚恐大叫：「媽媽——」

隨着呼喚，史蒂夫的身子也跟着母親往下躍去……

白貓腦袋空白，他為何沒有發揮糾錯之靈的本領，及時阻擋史蒂夫躍下？他意識到必須挽回一切時，身子已經往下墜去！

小希驚叫着衝過懸崖的幻象，往圍牆跑去，眼睜睜看着白貓從圍牆墜落……

白貓懊悔不已，他怎麼會跟着跳下來呢？他不是要糾正史蒂夫的錯誤，挽救他的性命嗎？為何會賠上自己的性命？他還有妻女要保護，絕不能離開她們……

落下時，他感到全身冷颼颼的，耳朵有一堆東西擠壓着，好痛……突然，他似乎聽見一些聲音——快……快？

白貓恢復了些意識，仔細地聽。

「快抓住阿木的尾巴！」

白貓困惑地想：阿木不是死了？我來到地獄了？

正惶惑間，他眼前出現了一條龍！

「快！白貓！快抓住阿木！」

説這話的正是史蒂夫！

史蒂夫坐在一隻橘灰色的龍身上，可為什麼史蒂夫説那龍是阿木？

沒時間讓白貓思考了，他本能地發揮貓咪的靈巧身手，凌空翻滾着，趨向「阿木」。可惜他一時大意，預測不準，撲了個空！

「阿木」急速往前飛去，轉圈回來，衝向急速下墜的白貓。這一回，白貓抓準了時機，使勁一跳，跳到了「阿木」身上！

「阿木」繞着萬龍塔飛行，泰安國的人們都從屋子裏走出來，目睹這令人讚歎的一幕！

「是龍！」

「橘色的龍！」

「不！是灰色的龍！」

「龍顯靈了！」

「那人是國師嗎？國師竟然騎在龍背上啊！」

泰安國的人民驚訝不已，為眼前的「神跡」歎服，紛紛跪了下來！

距離上次龍現身，已經有半個世紀了。

龍的毛髮在餘暉下閃閃發亮，放射出金光。牠毛髮底下的鱗片已變得堅硬起來。牠是貨真價實的龍！

「龍」慢慢地停下來，落在萬龍塔前方的廣場。人們從四面八方湧了過來，大家都想一睹龍的神聖模樣，沾上一些靈氣。

白貓看着眼前剛剛救了他的龍，用傳出儀說出心裏的困惑：「這是龍？還是阿木？」

這時奧狄與光頭女子穿過人羣走來。

光頭女子對白貓說：「牠是龍，也是阿木。」

俊樂此時已從頂樓衝下來，他聽見光頭女子說這龍就是阿木，急速奔向「龍」，緊抱着牠，大聲叫道：「阿木！太好了，你沒死，太好了！」

「什麼？你在欺騙我嗎？阿木不是疾龍嗎？況

且，牠不是已經死了嗎？」白貓透過傳出儀發出連串疑問。

史蒂夫笑了，説：「她説的都是真的，我也是剛剛才明白過來。牠飛過來救我時，用『心音』對我説了。龍可以憑藉『心音』傳達話語。」

白貓無法相信眼前這隻灰橘色的龍就是阿木，繼續問道：「為什麼阿木會死而復生？復活後又怎麼變成龍？」

「這就要牽涉到非自然領域了。」光頭女子説着，走過去憐惜地拍拍阿木的後背，道：「疾龍是龍的前身，牠們必須經受人世間的折磨與痛苦，並且經歷過重大的苦難，才能蛻變成真正的龍。」

「好神奇……」白貓心想着，感到嘖嘖稱奇。誰能想到疾龍經歷一場奮死之戰後竟能蛻變成龍？這難道就是所謂的浴火重生？

俊樂可一點兒都不在乎阿木是疾龍或是龍，他只要確定阿木平安沒事就行了！他又哭又笑地對着阿木喋喋不休，圍觀羣眾們都訝異於龍與人類之間真摯而親昵的情感。

此時小希與艾密斯團長也走了過來，小希驚異地看着白貓，問道：「你沒事吧？」

白貓最怕這樣的場面，他轉過頭，傳出儀發出聲音：「我當然沒事。」

「你怎麼不親口回答我呢，爸——爸？」小希眨眨眼，故意拉長了尾音。

「親口？爸——」

白貓這時意會過來，趕忙檢視自己，他看見了久違的雙手！他摸摸自己的腿、身體……然後興奮地扯掉「思想傳出儀」，用他最自豪的人類聲音，對着史蒂夫和小希他們大叫道：「啊——我是人！我是人啊！哈哈哈！我是人！」

大夥兒都開心地笑了，而一旁的羣眾盯着這位不斷強調自己是人類的中年男子，也忍俊不禁地笑了起來。

如此這般，雖然過程驚險而曲折，但小希與俊樂還有關鍵人物范黎終於達成任務！

最終章

奧狄選擇留在史蒂夫所處的立體書世界，因為他在這兒找到了想做的事——成為地下街委員會的一員，幫助管理及約束怪物或怪人。希貝爾夫人的預言果然應驗了！兜兜轉轉，奧狄找到了屬於自己的命運。

亞肯德大公爵在此次打亂立體書秩序的計劃中徹底失敗，他突然體悟到幻術並不能改變命運。於是，他也央求希貝爾夫人給他預言。

希貝爾夫人被糾纏得煩了，最後終於拿給他一張字條。

亞肯德大公爵着急地展開字條，上面寫着：「加入艾密斯馬戲團，成為人見人愛的幻術師。」

亞肯德大公爵看了預言，臉色大變，兩撇八字鬍抖了抖，問伊諾：「人見人愛……是好事吧？」

伊諾眼睛一骨碌，點頭說：「應該是好事。」

亞肯德大公爵驚叫着跑開，似乎無法接受自己未來的命運。

*　　*　　*

范黎在房子前的庭院清掃着，他今天天還未亮就起來，自個兒去廚房弄了些早點，還「順道」弄給女兒小希及妻子徐堯。

這可是破天荒的「壯舉」！

他一邊想着小希和妻子看到擺放在餐桌上的精美早餐時會有什麼反應，一邊愉悦地除草、洗地。

洗地後，天空已露出可愛的魚肚白，范黎聽見開門聲便轉過身去。

原來是小希。

小希似乎很驚訝范黎的行為，走過來説：「那麼早起來打掃庭院？」

「不行嗎？」

小稀有點尷尬，不知道怎麼回應如此「乖巧」的父親。這時她犀利的目光瞥見了一坨礙眼的東西，趕緊説：「嘿！別忘了清理那坨東西。」

范黎這時才看見那坨「黃金」，他皺着眉，瞧小希一眼，無奈地去拿簸箕，把那坨「黃金」掃進去。

「記得倒進垃圾桶，然後清洗簸箕和掃帚，不然會留下異味啊！」小希提醒道。

范黎面紅耳赤地説：「真不能相信這坨東西是我昨天留下的。」

他快快將昨天的遺留物掃進簸箕，倒進垃圾桶，再開啟水泵洗乾淨。

「你現在終於明白我的痛苦了吧？」小希雙手叉

腰道。

范黎做了個無可無不可的手勢，道：「我的犧牲才大，為了拯救史蒂夫，這點小事算什麼，對吧？」

「小事？你試試每天清洗廁所的糞便，還有清理灑出來的牛奶和打破的花瓶、玻璃杯，看你能受得了嗎？」小希感到忿忿不平。

這時他們身後傳來一道聲響：「你們那些都不算什麼！」

小希和范黎往籬笆門一看，俊樂正噘着嘴站在門外呢！

「俊樂？」小希趕緊過去開門讓他進來。

俊樂氣呼呼地說：「我難得交到一位知心的龍朋友，卻很難再見到牠了！」

敏銳的范黎看到俊樂手上提着的東西，問道：「那是什麼？」

俊樂提高袋子，道：「我爸從巴國帶回特殊品種的火龍果，媽媽讓我帶一些過來。」

「火龍果可是阿木的最愛呢！」范黎稀奇地看着袋裏那黑黑的火龍果，「明知故說」道。

俊樂眉頭緊皺成一團，央求小希道：「一定要叫艾密斯團長帶我們去史蒂夫的世界！」

「去了也沒用啊！阿木已經變成龍，不是普通人能隨便見到的哦！」

俊樂悻悻然說：「唉！想到就不開心。」

范黎出其不意地用力拍拍俊樂後背，道：「阿木開心就好，不是嗎？」

俊樂抿抿嘴，無奈地呵口氣，釋然說道：「只要阿木開心就好。」

小希見俊樂仍舊無精打采，特意提高嗓子，說：「無論如何，能順利完成任務真是太好了！對不對？」

俊樂和范黎不約而同地頷首。

小希感歎道：「做了這麼多次任務，我們還是第一次改變了立體書世界人物的命運呢！」

范黎自豪地說：「是啊！我們改變了『未卜先知史蒂夫男爵那』……呃，真麻煩！呼！這立體書的書名怎麼像一匹布那麼長，每次都說不出來啊！」

小希不禁失笑，道：「來，跟着我念，是——」

范黎和俊樂同聲接下去說：「未卜先知史蒂夫男爵那跌宕起伏榮辱交加的悲——慘——人——生！」

說完，三人長長地舒一口氣，而後放聲大笑起來。

「你們在說什麼啊？那麼好笑，說來聽聽？」徐堯的聲音從門口傳來。

范黎放下掃帚，過去對徐堯說：「又熬夜趕工？以後不要接那麼多工作了。來，還沒吃早餐吧？小

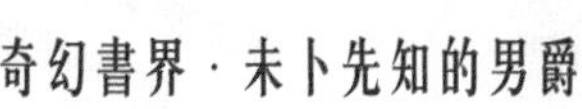

希、俊樂，一起去吃早餐，我做了法式楓糖三文治哦！」

徐堯受寵若驚地望了小希和俊樂一眼，就被范黎拉着走進屋裏。

「法式楓糖三文治？」俊樂不能置信地摳摳耳朵，「他居然會做法式楓糖三文治那麼有品味的食物？」

小希不置可否地聳聳肩。

「小希，你確定那真的是你爸爸嗎？」

「我也不能相信，誰會想到爸爸變回人類後改變那麼大？」

說着，小希朝俊樂眨眨眼，道：「不過，幸好他是關鍵動物白貓呢！對不對？」

俊樂忙不迭地頷首，兩人笑着蹦蹦跳跳跑進屋裏去了。

清晨和煦的陽光照耀着小希的家，被清洗過的草坪顯得格外青翠嫩綠、生氣蓬勃。籬笆外的小花兒經過一夜的沉睡吐露着清新的芳香，遠方不知名鳥兒傳來悅耳的歌聲，悠揚而喜悅，點綴着這煥然一新的大地。

突然，草坪中央出現了個旋渦狀暗影，暗影忽大忽小……一本書從旋渦中跳出來，跌落在草坪上。書名寫着：《奇幻書界》。